Dedicatoria

Dedico este libro a todas aquellas personas que tienen algo que ofrecer por sus conocimientos, por sus experiencias, por su creatividad o por cualquier factor que produzca en ellos el querer expresarse y simplemente no se atreven. Dar rienda suelta a nuestros pensamientos, es simplemente liberarse.

El autor

Dibujo de la portada:

Luís José López Mártinez (Luichi)

La niña de la mirada triste

Era un día caluroso, el sol castiga con furia a los habitantes de la ciudad de Santo Domingo. Sus rayos pretendían carbonizar sus cuerpos. La mayoría de las personas reposaban el almuerzo ingerido como era costumbre en los años sesenta. En una calle de la parte alta de la ciudad una niña salió a jugar a la acera. Para sentarse usa una pequeña silla de guano que le fue regalada el Día de Reyes por un vecino. Dos niños vecinos de ella juegan en un carrito hecho de tablas con ruedas de cajas de bolas, uno empuja y el otro conduce. El guía es el palo delantero cruzado al centro por un tornillo con tuerca y en los extremos las cajas de bolas delanteras que son giradas por los pies en el espacio entre las ruedas y el carrito en la dirección deseada. La niña de la que se hace mención conversa amigablemente con su pequeña muñeca de trapo, es su mejor y única amiga, es su confidente y apoyo en todo momento. Concentrada en su conversación, la niña es sorprendida por el impacto del niño que maneja el carrito, que al perder el control salió disparado lateralmente hacia donde se encontraba ella. Una rodilla pelada, un golpe en el costado izquierdo y un gran susto es el balance de su mala suerte, además de la interrupción de su importante conversación con Mariana, su muñeca. Tanto el impacto como el ardor que siente y la poca sangre que ve brotar de la rodilla le hacen entrar a la casa corriendo, lo que despierta a Felipe, su padre, hombre autoritario, feroz, dueño de la sabiduría. Este no trata de ver qué le pasó, su reacción es inmediata y contundente, una pela con una correa de cuero y el remedio de limón para desinfectar, conjuntamente con un: ¡Coño, esta niña no deja ni dormir la siesta!

Los gritos de aquella niña se iniciaron con el accidente provocado por el niño, quien sin medir las consecuencias manejaba alocadamente hasta estrellarse contra ella, y continuaron con el susto, el dolor de los golpes sufridos y por el comportamiento inadecuado del desmedido padre. La actitud de este le dolió más que los golpes sufridos en el accidente, su pensamiento que salió corriendo con su cuerpo buscaba tan solo un apoyo, una ayuda, un respaldo en aquel momento incierto y abrumador para su poca edad, pero lo que recibió fue el repudio y el desprecio conjuntamente con un remedio casero más doloroso que el causado por el accidente.

Sus ojos se hincharon de llorar, porque ella no podía comprender el por qué tanto sufrimiento si no había hecho nada malo, estaba sentada sola con su amiga del alma, ella que sí le acompañaba en su llanto, que sí la comprendía, que sí la escuchaba. Decidió refugiarse en su pequeño cuarto, en el que una pequeña cama apenas cabía, se acostó y miraba las deterioradas hojas de zinc que protegían su techo para tratar de encontrar una explicación a lo sucedido, pero fue imposible. Allí se refugia entre inocentes pensamientos y quejidos hasta quedar dormida profundamente.

El padre escuchaba el famoso programa La Tremenda Corte, pero tiene que irse, se despide de la madre y se dispone a caminar hasta su trabajo, una tienda de ropa ubicada en la avenida Duarte, a poca distancia. Nunca se perdía el programa, ya que en todos los radios era una costumbre escucharlo a esa hora. La madre entra a la pequeña habitación para ver cómo se encuentra su hija, al verla dormida solo le pasa la mano por su cabecita, lamenta no haber intervenido por ella, pero es seguro que el padre se lo condenaría, pues todo lo que él hace es lo correcto.

Dominga, como se llama la madre, no se sabe si por haber nacido un domingo o qué, es una mujer sutil, de larga cabellera negra, oriunda de un pueblo de la frontera del cual la trajo su padre a muy poca edad. Su madre se despidió de este mundo al momento de ella llegar. Sus abundantes cejas enmarcan los dos bellos luceros que le permiten ver la vida, su nariz un poco perfilada termina casi en la hermosa boca formada por labios apetecibles que invitan a degustarlos. Tiene en todo su cuerpo el color de la noche. Tranquila, sumisa y cumplidora de todo lo que se le antoja al marido. Preparar la comida que él ha dispuesto por orden cada día, lavar y planchar la ropa de toda la familia, especialmente la de este, cuyos pantalones deben quedar con un filo que prácticamente corte, las camisas por igual bien almidonadas e impecablemente limpias y de la misma manera la ropa interior, o tendría que aguantar los insultos de aquella fiera que tenía por esposo.

Dominga había vivido con su padre don Ramón, de oficio carpintero y a quien el cáncer lo atrapó cuando ella solo contaba con 14 años de edad, por lo que accedió a la petición de Felipe, que para conquistarla y obtener su permiso se comportaba de forma muy diferente a la fiera que emergió después.

"Don Ramón, puede irse tranquilo que yo cuidaré de ella muy bien y nada le faltará", estas fueron las últimas palabras que el padre como promesa escuchó de Felipe a la hora de su partida, lo que le permitió marcharse a su nuevo destino con tranquilidad. Pero aquel hombre que sí en realidad la mantenía de un todo modestamente, le cercenó en gran parte su vida con su autoridad ridícula y descabellada, convirtiéndola en una esclava no solo de sus caprichos, sino también de sus sentimientos. Procreó con él dos hijos, el varón que tiene cinco años llamado Andrés y la niña Milagros de siete años, a quien dejamos durmiendo su llanto. Aunque Dominga llegó a quererlo mucho en el inicio, el amor se fue convirtiendo solo en temor y así siguió viviendo su vida. Por sus hijos se sacrificó y soportó todo aquello que se le antojó al autoritario no marido, sino al jefe.

Felipe era hijo de un chulo de cabaret que había matado a su madre en un arranque de celos, dejándolo huérfano a los tres años, se crió con su abuela y vivía en un patio de la ciudad, donde a pesar de la pobreza siempre existían las buenas costumbres. De unos seis pies, moreno, de contextura física normal, de boca adornada por una blanca y perfecta dentadura y con un aire de "yo mismo soy". Al parecer su comportamiento viene de una mezcla de inseguridad y frustración por las huellas de los acontecimientos que le marcaron en su niñez. Con las demás personas se comporta amable y nadie se imagina la bestia que se oculta en su interior.

Dominga se encuentra sumida en llanto, luego de escuchar la decisión de Felipe de mandar a Milagros a vivir donde una hermana de padre, trata de persuadirlo de diferentes maneras, pero él está decidido a salir de la niña que sin defensa ninguna se abraza como hiedra a su madre. Dos días pasaron para que se cumpliera aquella fatal idea del padre que de una vez saldría de su única hija.

_ Mujer, no llores más, que ya está decidido, mañana la llevaré donde su tía, allí estará mejor.

_ ¿Cómo puede estar mejor sin sus padres? ¡Es muy pequeña!

No hubo argumento ni llanto que pudieran dar marcha atrás, mientras ambas se mantenían abrazadas y en un solo llanto, la niña no comprendía porqué su padre tomaba esa decisión,

_ Mami, mi papi no me quiere _ se queja constantemente.

La madre tratando de calmarla le dice:

_ Él te quiere a pesar de estar equivocado.

La noche a penas bañada de llanto, las personas del barrio se recogen y en una de las esquinas, con disimulo, Felipe agarra a Dominga por un brazo fuertemente y le pregunta:

_ ¿A dónde creen que van?

Se dirige con ellas a la casa nuevamente, a partir de ese momento queda sellado su destino en casa de su tía, mujer a quien solo había visto una vez.

La madre duerme abrazada de su hija y de Mariana, deseando que el sol se olvide salir y la noche se haga eterna, pero el destino le tenía prohibido al astro no cumplir con su sagrada misión, y este empieza a lucir sus cálidos primeros rayos con el cantar de los gallos que como reloj anuncian la llegada del nuevo día. Más fuerte se hizo el abrazo, ya no quedaban lágrimas para llorar, solo el gemido de ambas y el hermanito que se había sumado en la madrugada, dejaban escuchar la triste canción de aquella amarga despedida.

Son las 7:30 de la mañana, el desayuno está ausente contrario a cada mañana, pero Felipe lo pasa por alto, sabe que han amanecido impregnados de llanto y desesperación y no quiere empeorar las cosas.

Era una mañana de domingo, Dominga baña a Milagros mientras le aconseja y le dice que la visitará con frecuencia, que nunca estará sola, que tenga valor, recoge sus ropas y la peina, una cabellera negra que le da por los hombros, cada vez que pasa el cepillo un consejo o un consuelo de amor. Le pone una cadenita que le compró para regalársela en su octavo cumpleaños, de plata con un corazón, al ponérsela le dijo:

_ Cuídala, ese corazón es el mío que siempre estará contigo.

Le da un beso y la sienta en las piernas, nueva vez un abrazo para esperar su partida.

Pasan de las 10: 00 de la mañana, llega un carro que se para en la puerta, no hay dudas es la tía con el esposo que vienen por ella. Un fuerte frío se apodera de todo su cuerpo, ha llegado la hora de la verdad.

_ Hola _ saluda el padre al tiempo que les da la mano a la hermana y a su esposo que viene con ella.

_ ¿Desean un café? _ pregunta Felipe.

Pero la hermana que alcanza a ver la escena desgarradora de la despedida, prefiere no tardar para evitar arrepentimientos y le dice:

_ No te preocupes, hermano, tenemos que ir al mercado y se nos hace tarde.

Felipe entra a la habitación que está separada de la sala por una cortina amarrada a ambos lados con un lazo por su parte media, la angustia no podía ser mayor, agarra la niña por un brazo y con disimulo la arranca de las manos de la madre.

_ Vamos, hija, estarás bien _ dice tratando de disfrazar de gozo la triste partida.

_ Esta es tu tía Josefina y él tu tío Freddy, ya deja de llorar, vas a estar bien.

Milagros camina sin dejar de mirar a su madre y hermano que también lloran en la habitación.

Se montan en el carro y salen a su nuevo destino, por el cristal trasero la niña no despega la mirada de su casa y su barrio, desea plasmarlo en su mente como una fotografía. Unos minutos más tarde llegan a la casa de sus tíos. Milagros mira aquella residencia en pleno Gazcue, con jardín, como en las películas y se siente mejor. Abraza su muñeca, la inseparable Mariana y se mantiene a expectativa y asustada.

Entran a la marquesina, el auto se detiene y Josefina le explica:

_ Milagros, esta es tu nueva casa, sígueme para que la conozca, esta es la sala, el comedor, esta es nuestra habitación, la de mis hijos y esta es la tuya, ¿qué te parece?

Ella se siente un poco mejor y solo mueve la cabeza en forma afirmativa, Josefina coloca las ropas que trae en la pequeña maleta en el closet y le dice:

_ Cualquier cosa que necesite me avisas, aquí está tu uniforme del colegio, lo único que harás en esta casa es ayudarme un poco, estudiar y divertirte.

_Te dejo para que vayas familiarizándote y descanses, sé que estás dolida, pero haré todo lo posible para que te sientas bien, le di el número de teléfono a tu mamá para que te pueda llamar cuando lo desee _ termina diciendo la tía.

Milagros sentada en la cama está tratando de asimilar el porqué de aquella situación, qué tenía su padre contra ella que llegó al extremo de sacarla de su casa, esa era una pregunta para la que no tenía respuesta. Examina lentamente la habitación, de un tamaño normal, pero grande para la que ella poseía, bien pintada y como toda la casa con su techo de concreto, con una cama y una mesita de cada lado sobre las que hay dos lamparitas, cuyas pantallas están compuestas de figuras de cartones animados. Una pequeña mesita para estudiar y hacer sus tareas se encuentra en uno de los lados, sobre ella algunos utensilios propios de estudios. En fin, una habitación que cualquier infante desearía, pero en su hogar.

Era un poco más de las 11: 00 de la mañana, momento en que llegan los hijos de la pareja, Freddy se llama el mayor de ocho años y Rolando un año menor. Ambos son convocados a la sala y Josefina va a buscar a Milagros para presentarlos.

_ Ella es Milagros, desde hoy vivirá con nosotros, deben tratarla como su hermana y con mucho respeto, ayudarla en cualquier cosa que se le ofrezca, ella nos va a ayudar también con la casa, ¿entendieron?

_ Sí _ responden.

Ella los mira con timidez y algo de miedo por la respuesta tan seca que dieron.

Suena el teléfono, lo toma Josefina. Es Dominga que quiere saber cómo se encuentra su hija, se dirige a la habitación y le informa:

_ Tu mami desea hablarte.

Ella corre al teléfono.

_ Mami, mami.

_ ¿Cómo estás, hija, estás cómoda?

_ Sí, mami, pero quiero estar contigo.

_ Lo sé mi vida, pero por el momento pórtate bien como siempre, yo te estaré llamando cada día al venir a comprar al colmado.

_ Está bien, mami.

_ Te quiero mucho, un beso grande.

_ Yo también.

La madre cierra con lágrimas en los ojos que no puede disimular, su amiga Toñita esposa del dueño del colmado le pregunta qué le pasa y Dominga aprovecha para explotar y desahogarse con ella, contándole lo que ha sucedido, de la forma en que su esposo ha tratado la niña. En Toñita encontró una cómplice y apoyo moral para cada vez que podía ir a desahogarse.

Milagros se siente un poco más tranquila por haber hablado con su madre y saber que cada día recibirá la llamada que le alentará en la nueva forma de vida a que su padre por su autoridad le ha sometido. Regresa a su habitación siempre acompañada de Mariana, su simple muñeca de trapo que forma parte importante de su ser, de tela marrón, de aproximadamente unas 25 pulgadas, vestida permanentemente con su blusa amarilla y su falda crema, sus zapatitos negros y medias bordadas y amarillas, dobladas hacia abajo en la parte superior con el encaje. Se acuesta en su cama y es cuando realmente un poco más tranquila puede apreciar la diferencia entre la pequeña habitación donde obligaba a sus sueños a acompañarla y esta nueva, en la que poseía toda la fragancia de quizás una hermosa ilusión.

_ Milagros _ la llama Josefina mientras llega a su cuarto.

_ Sí señora _ responde con timidez.

_ Vamos a cenar _ le dice con dulzura y extendiéndole la mano.

Ella se levanta, estrecha su mano y al hacerlo siente cierta confianza que le ayuda en su tristeza. Se dirigen al comedor, en él esperan los tres hombres de la casa. La mesa de caoba y con seis sillas, una de las cuales a partir de ese día pertenecerá a ella.

Papas hervidas, huevos fritos, jugo de tamarindo y agua adornan la mesa, ella espera, pero Josefina le ordena:

_ Sírvete lo que desees, estás en tu casa.

Pero ella se siente extraña y no se atreve, entonces Josefina toma su plato y le pregunta:

_ ¿Cuántas papas te pongo?

_ con un poco está bien _ le responde la niña.

_ ¿Uno o dos huevos?

_ Uno.

_ ¿Jugo o agua?

_ Jugo.

Todos se sirven y empiezan a comer, Freddy le dice:

_ Milagros, queremos que te sientas tranquila aquí, deseamos que realmente seas parte de la familia, por lo que no debes temer a nada y preguntar lo que sea o pedir lo que necesites, ¿está bien?

_ Sí _ responde ella con un poco más de confianza.

Durante la cena se establecieron varias conversaciones sobre diferentes tópicos, luego se sentaron a ver televisión. Corrían los años 70 y tocaba la orquesta San José del maestro Papa Molina, mientras su esposa Josefina Miniño bailaba con su grupo. Los primos la veían con infantil morbosidad, pero Milagros simplemente apreciaba todos los hermosos y equilibrados movimientos que la profesional del baile realizaba con toda su gracia. Luego los cartones animados de Félix el gato, que cautivó a los niños de la época. Las 7:00 de la noche, hora de recogida para el abrazo fraterno con Morfeo.

_ Buenas noches _ saluda ella al levantarse de la silla.

_ Buenas noches, que duermas bien _ responde Freddy.

_ Te acompaño _ le dice Josefina para ver si no le faltaba nada.

_ ¿Todo está bien?

_ Sí, gracias _ contesta.

_ ¿Te cepillaste?

_ No, ahora voy.

_ Está bien.

Se cepilla los dientes de perla y procede a acostarse, reza y su mirada se eleva al techo para esperar su sueño, mientras piensa en todo lo que le está pasando y trata en vano de encontrar respuesta sobre el porqué para merecer ese cruel castigo que la separa de su familia. Las lágrimas vuelven a galardonar sus mejillas y con ellas leves gemidos llegan a acompañarla. A su corta edad se le hace imposible comprender tal situación, pero piensa también que ha venido al seno de una familia que luce buena y por lo menos hasta el momento la tratan bien y la han acomodado de muy buena manera. El cansancio mental la envuelve y con Mariana despide la noche.

Un día reluciente la devuelve a la vida cuando su padre la va a buscar y le pide perdón por el daño que le hizo, que todo fue un exabrupto, la abraza y ella con un nuevo aire le dice que no hay nada que perdonar, que lo quiere. Camino al colegio pasan por una cafetería y decide ella tomar un refresco que por accidente se echa encima mojándose toda. Al sentirse mojada se despierta y sufre la amarga decepción de que todo fue un hermoso sueño que culminó con una orinada en la cama. La vergüenza se apodera de ella, no deseaba que los niños se enteraran de lo sucedido, se levanta y recoge las sabanas, apenas eran las 2:00 de la mañana, se asea, se cambia la ropa interior, el piyama y se acuesta a un lado de la cama, luego de tratar de secarla un poco con la toalla. Tiene una gran vergüenza y no sabe cómo hará para que no se den cuenta de aquel desastre en su primera noche de estancia en el hogar que le ha abierto las puertas. Se duerme de nuevo, al amanecer el niño más grande despierta a su hermanito y van a la habitación de Milagros, se dan cuenta de lo acaecido y la despiertan a base de pura burla.

_ No pudiste esperar _ dice el grande.

_ Aquí hay baño, ¿recuerdas? _ expresa el más pequeño.

Ante las burlas de los muchachos, la madre va a ver qué sucede, al darse cuenta los retira y le dice a ella:

_ Pudiste pararte e ir al baño, ¿o te quedaba muy lejos?

_ No, señora, no me di cuenta, estaba dormida, es la primera vez que me pasa _ contesta aturdida.

_ Pues ahora mismo tendrás que lavar todo y ponerlo a secar, te ayudaré a sacar el colchón al patio para ponerlo al sol y se le vaya ese bajo _ le ordena Josefina.

Ella profundamente conmovida despierta y se da cuenta que era solo otro sueño, lo que le permite respirar. Ya ha amanecido, Josefina va a ver cómo está y se da cuenta de lo sucedido al mismo tiempo que ve su carita de preocupación y le dice:

_ No te preocupes, lo arreglaremos, a mí también me pasaba esto, nadie se dará cuenta de lo sucedido, ya verás.

Luego de esas palabras sale para la cocina, busca un vaso de jugo, pone de nuevo las sabanas en el colchón y sobre ellas la ropa de la niña y dice a Milagros:

_ ¡Oh, se me cayó el jugo sobre la cama!

Tanto la niña como Josefina estallan en risas. Milagros se siente salvada por la bondad y comprensión de aquella tía a quien apenas conocía, eso hace las cosas diferentes a partir de ese momento y que se lleven muy bien. La tía por su parte reconoce que se acababa de ganar su confianza.

Como es la mañana del lunes, el padre está sentado dándole un vistazo al periódico y esperando el desayuno, en ese momento pasan las dueñas del secreto con la ropa mojada para el lavadero y Josefina le dice a su esposo que le ayude a sacar el colchón que también le cayó jugo a lo que este accede inmediatamente. Al llegar a la habitación y acercarse al colchón el padre se da cuenta del asunto, pero la madre con disimulo le pica un ojo y él también disimula y tomándolo por una esquina salen al patio donde será soleado para que se le quite el olor y quizás una pequeña mancha del jugo.

_ No se dio cuenta, ¿verdad? _ pregunta Milagros cuando Josefina regresa.

_ No, tranquila, pero déjame prepararle el desayuno que se le hace tarde.

_ Si me permite le ayudo.

_ Si quieres, te lo agradezco.

Juntas se involucran en la cocina para preparar el desayuno de Freddy que en unos 20 minutos parte al trabajo.

Dominga espera con afán la hora de hacer la comprita del día en el colmado con la intención principal de llamar a Milagros para saber cómo había sido su noche. Por su parte Andrés tampoco conoce las razones por las que su hermanita se ha ido. Le pregunta a su madre una y otra vez, pero la respuesta siempre es la misma, "ella está pasándose unos días donde su tía, pero regresará". Unos minutos después de las 9:00 de la mañana, la madre está lista para ir al colmado cuando de repente escucha la voz de Felipe que le pregunta:

_ Y tú, ¿a dónde vas tan temprano?

_ Al colmado a comprar ajo para hacerte el té _ responde ella.

Felipe no ha ido a trabajar por un fuerte dolor de estómago que le da con cierta frecuencia, los médicos no le han encontrado nada por lo que parece que todo es por sus rabietas y mal comportamiento.

Ella sale hacia el colmado y al llegar pide el ajo y llama enseguida a la niña.

_ Milagros, es tu mamá al teléfono.

_ Hola, mami.

_ Hola, mi amor, ¿cómo dormiste?

_ Bien.

_ Qué bueno, no puedo hablar mucho porque tu padre está en casa, pero tan pronto como pueda te llamo de nuevo.

Esa llamada completó la tranquilidad que necesitaba para ese día.

A partir de esa mañana la niña inicia una serie de labores conjuntamente con su tía, quien se ocupa de enseñarle a realizar los menesteres propios de un hogar. Ya había comprado un banquito de madera para que ella pudiera fregar y aunque le estaba enseñando a cocinar, no le permitía usar la estufa sin su presencia por razones de seguridad. A medida que pasan los días y las semanas, la confianza entre ella y su nueva familia se va fortaleciendo y la angustia por su familia original es más llevadera, pues puede hablarles con frecuencia a su hermano y a su madre, no así con su padre, a quien extraña, pero sigue sin comprender la razón por la que le hizo ir a vivir con su tía. Se visitan los domingos, cuando sus tíos la llevan a casa de su madre, su padre se va a beber al colmado de la esquina como para no verla, pero el amor de hija se desviste y la hace ir hasta allá a verlo.

Su vida ha tomado otra rutina, ahora se levanta temprano como siempre, pero va a ayudar a su tía a preparar el desayuno y a realizar los deberes de la casa, Mariana la extraña, pues ya no puede compartir como lo hacía antes con ella, aunque siempre la tiene presente y cuando va a su habitación le cuenta todo lo que ha aprendido:

_ No quisiera dejarte tan sola, pero sé que me entiendes _ le dice a Mariana.

Mariana se queda estática, sus ojos siempre fijos, grandes y adornados con largas pestañas que le hacen imaginar que comprende cada palabra que Milagros pronuncia. Sentada siempre en la cama esperando pacientemente a su querida compañera y permanentemente con una sonrisa. Con ella conversa las diferentes cosas del día y sus incógnitas sobre la que será su nueva escuela, discute también sus planes futuros en los que entra toda la fantasía propia de una niña de su edad, pero además sus pensamientos sobre el comportamiento de su padre con ella. Se lleva muy bien con los hijos de Josefina, con quienes juega en algunos momentos en que no está haciendo sus labores o hablando con Mariana.

Josefina llama a los niños y a Milagros para informarles que saldrán a comprar lo necesario para el año escolar, todos muy contentos, ella un poco tímida y extraña, pues en su casa cuando llegaba ese momento, solo se lavaba y planchaba el uniforme, se limpiaban los zapatos y ya se había contactado con vecinos o padres de los compañeritos para obtener prestados o a bajo precio los libros que ella usaría en el año. En este caso saldrían a comprarle todo, su uniforme, bulto, utensilios escolares, libros, cuadernos y los forros para que estén bien cuidados.

Las 6:30 de la mañana, hora de levantarse para dirigirse al colegio, una gama de pensamientos pasa por su cabecita sobre ¿cómo será su colegio?, ¿cómo serán sus compañeros de curso?, en fin… Los tres se levantan y se preparan para desayunar y tomar el autobús que pasará por ellos. Cheo, un hombre de unos cinco pies y tres pulgadas, de corpulencia un poco amplia, adornada por una minibarriga, con unos cuarenta mayos en su existencia, de cara redonda como para hacer juego con la barriguita, de escasas cejas y pequeños ojos, su nariz redonda también para combinar y su boca de tamaño regular y de cortos labios, por el que salen sus palabras de alago a los niños que con mucha alegría y responsabilidad recibe y conduce de su casa al colegio y luego los retorna, ha llegado por ellos, los primeros en la ruta establecida. Un discreto bocinazo anuncia la llegada. Ellos toman sus bultos por sus agarraderas y salen para encontrarse con el autobús.

_ Hola, chiquillos, ¿cómo están? _ saluda Cheo con una sonrisa en los escasos labios. Los ayuda a subir y dice:

_ Veo que tenemos ahora una princesa.

_ Sí, ella es Milagros, nuestra prima _ contesta Freddy.

_ ¡Qué bien! Buenos días Milagros, yo soy Cheo y viajarás conmigo y te cuidaré todos los días igual que a ellos _ se le presenta a la vez que la ayuda a subir.

_ Gracias don Cheo _ responde ella con un poco más de confianza.

El autobús arranca en su primera jornada de la ruta trazada para ir colectando todos los niños que han de presentarse para iniciar el año escolar. El recorrido dura aproximadamente una hora y diez minutos, el cual se convertirá en una rutina diaria a disfrutar o soportar.

A las 7: 45 llegan al colegio ubicado también en Gazcue. He allí aquel edificio de tres cuerpos, con una verja protectora de malla ciclónica, y una cancha deportiva en su centro. Milagros se impresiona de lo grande que es, pues ella estaba en una escuela pequeña, de pocos alumnos en la que cada cual debía llevar su sillita de guano, pero donde se impartía docencia con la misma calidad que en cualquier escuela y solo llegaba a tercero de primaria.

Cheo desciende del autobús y ayuda a los alumnos a bajar, siempre atento a que todo resulte bien hasta que entren al colegio.

_ ¿Te gusta? le pregunta Rolando a Milagros.

_ Es muy bonito y grande _ contesta ella.

Todos son recibidos por los profesores, quienes dan la bienvenida, estos están ubicados con cartulinas en las manos que indican el curso que les pertenece. La directora llama la atención de los alumnos y les ordena que deben hacer filas frente al profesor o profesora del curso que les corresponde, de esa manera quedan todos en líneas, después les pide que se pongan por orden de tamaño, son ayudados por los profesores quedando debidamente organizados. Luego la directora se dirige a ellos para dar la bienvenida formal al nuevo año escolar, les recuerda que esa será la rutina para alzar la bandera todos los días, así como interpretar el himno nacional y de uno que otro himno o canción dependiendo del día que se conmemoraba o la estación del año.

El asta de la bandera se halla en la parte central, al fondo, donde se encuentran ordenadas las filas y siempre será enhestada por un alumno de cada curso con las mejores notas. Después del acto proceden a desfilar a los diferentes cursos encabezados por sus profesores. Milagros está realmente sorprendida por todo aquello que nunca había vivido, la forma organizada en que van a los cursos y el no tener que llevar su sillita. Su fila sube por una de las escaleras del edificio central, pasan por un pasillo y entran al aula, grande para acomodar a los 42 estudiantes que en ella han de encontrar los nuevos conocimientos. La maestra escribe su nombre en la pizarra y les da la bienvenida ahora de manera particular, les explica la forma en que se conducirá la clase, hace la lista para tomar la asistencia y así se inicia el año, con toda aquella experiencia que ha de marcar su nueva vida de una manera positiva.

Le toca el número 32 en la lista y a su lado derecho está Yolanda, niña hermosa, hija de padres bien acomodados, buena estudiante y desde el inicio de su corta vida estudiantil ha estado en el colegio, quien un poco presumida le saluda:

_ Hola, soy Paty, ¿y tú?

_ Hola, soy Milagros _ se presenta al mismo tiempo que le extiende su mano para alcanzar la de su nueva amiga que se estrechan en un sencillo apretón.

De inmediato Paty lanza una lluvia de preguntas para conocer y saber la procedencia de aquella niña que podría pasar a ser parte de sus selectas amigas. Milagros contesta cada una de ellas sin temor, sin importarle lo que ella piense. Serán no muy buenas amigas, pero amigas al fin, a la que Paty guardará un especial respeto por su sinceridad y aquella serenidad que posee a pesar de sus pocos años. Al llegar la hora del recreo se reúnen los grupos de amigos en el patio, algunos compran pastelitos y refrescos en la pequeña cafetería del colegio, otros a los vendedores que se paran frente a la puerta de este para brindar los quipes, turcos de carne o de queso y otros.

Ella se sienta en el ruedo alto de ladrillos que protege en

todo su derredor un gran árbol de mango, desde allí observa el panorama y come su pan de agua con queso que se preparó junto con el de sus dos primos. Una niña la observa de lejos y viene hacia ella, al llegar le extiende la mano y le dice:

_ Eres nueva, no te preocupes, estarás bien, yo soy Lala, estamos en el mismo curso y vi cuando Paty te hablaba, no permitas que te moleste y si lo hace me avisas.

Luego la niña le da la espalda y se retira.

_ Gracias, lo haré, soy Milagros.

_ ¿Puedo decirte Mily? _ pregunta volteando la cabeza.

_ Claro.

La forma simple y de respaldo que Lala le manifiesta le hace sentir cierta confianza, a partir de ese momento esa sería su amiga preferida.

Sus primos se acercan a ver cómo la está pasando.

_ Prima, ¿cómo estás? _ pregunta el mayor.

_ Bien _ contesta ella.

_ Pues yo estoy en aquel curso y él en el que está al lado del tuyo, para que sepas.

_ Gracias, primos _ expresa ella agradecida por la preocupación de estos.

Minutos más tarde suena el timbre que pone fin a ese momento que les permite disfrutar de sus manjares, de alocadas carreras para algunos y de chismecitos y juegos para otros; mientras los más grandes forman grupos para compartir diferentes experiencias.

La hora de la salida ha llegado, el hambre aterriza en sus sentidos, pero las tripas a pesar de quejarse se comportan por saber que pronto saciarán sus ansias. Se montan en el autobús, los uniformes ya no se ven planchaditos como estaban, las cabezas despeinadas y una sola algarabía, la profesora que los acompaña se ve en la obligación de mandarlos a callar varias veces en el trayecto.

Al llegar los niños entran a la casa corriendo y tiran los bultos en la sala y se dirigen al comedor voceando a dúo:

_ ¡Tengo hambre!

_ Sí, pero recojan los bultos y llévenlos a su habitación, quítense los uniformes y luego se lavan las manos y vienen _ les ordena la madre en forma de regaño.

Milagros entra caminando, saluda a su tía y se dirige a su cuarto a dejar su bulto y a saludar a Mariana, luego se lava las manos y se desplaza al comedor, donde esperan sus primos y sus tíos. El almuerzo está compuesto de arroz, habichuelas, carne guisada y unas arepitas de yuca, ensalada de tomates y lechuga con algunas tajaditas de aguacate.

Mientras el padre se sirve, la madre lo hace por los niños, teniendo que coger lucha para que el menor coma un poco de ensalada que no le gusta. Milagros por su parte se sirve sola y come de todo, ya tiene la confianza para tomar las cosas con libertad en la casa. Después del almuerzo todos se reúnen a escuchar el programa La

Tremenda Corte, con Tres Patines, divirtiéndose con las ocurrencias de aquel brillante grupo de comedias. Luego del programa Milagros va a fregar y después a su habitación donde la aguarda Mariana a quien le cuenta cómo ha sido su día y posteriormente se pone a estudiar.

A las 4:00 de la tarde recibe como siempre la llamada de su madre con quien comparte sus experiencias y le manifiesta su deseo de estar con ellos. Las conversaciones siempre un poco cortas, pero muy emotivas, a veces habla también con su hermanito al que extraña mucho. Luego hace sus comentarios con Mariana y al terminar toma sus libros y se pone a estudiar.

Pasa el tiempo y Milagros crece, estudia letras y se convierte en una escritora famosa y profesora de varias universidades, escribe varias obras que ganan premios tanto en el país como en el exterior. Toda la familia se enorgullece de ella, viven en una gran casa y está comprometida con un también famoso actor. Su padre es tierno y amoroso, no es aquel padre que la envió a vivir donde sus tíos, que desgarró su alma aquella tarde en que solo jugaba con su amiga Mariana y que con su actuación permitió que terminaran todas sus lágrimas. Sí, las cosas habían cambiado, todo era hermoso, hasta que despertó y encontró su realidad, eran las 6: 00 de la tarde, tenía que ayudar a su tía con la cena, se levanta rápido de la cama y regaña a Mariana por dejarla dormir tanto, aunque agradece al cielo aquel sueño que le permitió vivir algo maravilloso.

_ Perdón _ le pide a la tía al llegar a la cocina.

_ Tranquila, todo está bien, te vi dormida y no quise despertarte, ¿descansaste?

_ Sí, tía _ responde mientras pone la mesa.

_ ¡Eso se ve delicioso! _ dice el tío Freddy.

_ Freddyn y Rolando, lávense las manos y vengan a cenar _ ordena Josefina.

Como caballos entran corriendo del patio y pasan uno al baño y el otro al fregadero en una apuesta de quien llegara primero a la mesa. Ya sentados a la mesa solo esperan la llegada del padre para dar inicio a la cena, que se compone de unos espaguetis sencillos pero sabrosos, el excelente pan de la época y jugo de lechosa.

_ Esto si está bueno _ expresa Freddyn.

_ Qué bueno que les gusta _ dice Josefina.

Disfrutan la cena y luego pasan a donde está ubicado el televisor a ver una película de la serie "El fugitivo" en el estelar de las 8: 00 de la noche de los miércoles. En el momento de los comerciales comentan las intrigas de la película y después de ella los niños son enviados a orinar y a cepillarse los dientes para orar y acostarse.

Milagros va a su habitación, pero por la dormida que dio en la tarde se le hace difícil dormirse y se le ocurre sentarse en el escritorio e incentivada por el sueño de la tarde dio rienda a su infantil imaginación e inicia una escritura que sigue en una mascota desde las páginas de atrás hacia adelante. Aquella cabecita tiene mucho que aportar a ese cuaderno, por lo que días después se ve obligada de sus ahorros comprar otro cuaderno para pasar lo que había hecho y continuar escribiendo, esa fue la partida para que ella se iniciara como escritora. Su cuaderno lo tiene muy bien guardado y se fue haciendo una costumbre el desvelarse cuando le llegaba la inspiración para poner en letras sus ocurrencias. Esa costumbre le hace ansiar la llegada de la noche para saber si la musa llegaría para permitirle entregarse a su cuaderno. Esa costumbre se convierte en una felicidad interna y privada.

La luz penetra tímidamente por su ventana anunciando que es hora de levantarse para ir a la misión principal, el colegio, ella se estruja un poco los ojos, y extiende sus brazos para descuajarse, luego se prepara y se dirige a la cocina donde se encuentra con Josefina.

_ Buenos días.

_ Buenos días, ¿dormiste bien?

_ Sí, muy bien.

_Me alegro, por favor prepara la merienda en lo que yo termino el desayuno.

_ Está bien.

Ella prepara la merienda como le pidió su tía y la pone en la mesa, en ella está su tío leyendo el periódico.

_ Buenos días, tío.

_ Buenos días, bella _ responde él.

Josefina fue por los chicos a quienes ya había llamado con anterioridad, al más pequeño le ayuda a peinarse y le dice:

_ Estás hecho un desastre, mira los cordones sueltos, amárratelos y esos zapatos sucios límpialos ahora y date rápido que es tarde.

Se sientan a la mesa y comparten el desayuno, en eso se escucha la bocina del autobús que llega y se paran de la mesa, toman sus bultos y corren hacia él compitiendo al que llegue primero.

Milagros baja el nivel de competencia desde aquel día, ya su mente estaba siempre activa en qué será lo que sigue en su escritura.

Su tío Freddy tiene una tienda en la calle El Conde y le va muy bien, es un hombre de tez blanca, de mediana estatura, nariz redonda y pequeña, de ojos pequeños y enmarcados en grandes cejas y de color marrón, vestido de un temperamento tranquilo y amigable, su pelo lacio y bien recortado, había llegado con sus padres de España siendo apenas un bebé, trabajador, recto pero afable y de un trato excelente con las personas. Josefina por su parte, una mujer mulata, de ojos grandes, labios sensuales, nariz perfilada, poseedora de un hermoso cuerpo y de buen tamaño. Su pelo color de la noche le cae suavemente sobre sus hombros. Era hija de Ramón, un campesino, su madre buscando futuro dejó a este para casarse con un comerciante con quien la crió en un hogar estable, siendo la segunda de dos hembras y un varón. Felipe, hijo del mismo campesino que nunca vivió con ellos y a quien conocieron después de los diez años junto a otra hermana de él de madre y a partir de ese momento se trataron, aunque poco.

Han pasado dos años y Milagros ya está tranquila, cómoda y muy inmersa en sus escrituras, siempre habla con su madre y hermano y hasta se pasa algunos fines de semanas con ellos, pero no deja de extrañarlos y de preguntarse por qué de la actitud de su padre.

Una tarde del sábado mientras Milagros lavaba en el patio, Rolando entra a su cuarto para esconderse y darle un susto, juego que realizaban con cierta frecuencia uno y otros, era solo parte de un retozo, pero en ese momento él ve sobre la cama el gran secreto, el cuaderno que ella siempre guardaba con mucho celo y la curiosidad le lleva a tomarlo. En principio piensa que se trataba de un cuaderno del colegio, pero le llamaba la atención que este era diferente, rosado, adornado con un pequeño lazo rosado y además no estaba en su bulto como los del colegio. Decide hojearlo y descubre su gran secreto.

_ ¡No tienes ningún derecho a ver eso, es privado! _ le advierte ella al sorprenderlo.

 Se lo arrebata.

_ ¡Perdón, es verdad, pero lo vi tan bonito! _ dice él asustado.

_ ¡Pues eso no lo vuelvas a hacer! _ le insiste ella enojada.

_ Perdóname, no lo haré más _ le promete.

Este sale aún asustado de la habitación.

Ella se lanza sobre la cama temerosa de que se descubra su secreto y porque su privacidad había sido violada. Rolando regresa a la habitación y en un gesto de hermandad le dice con sentimiento:

_ Perdóname otra vez, no lo haré de nuevo y no se le diré a nadie.

Ella se levanta de la cama y mirándole a los ojos que aún dejaban rodar sus lágrimas le dice:

_ Está bien, pero guárdame el secreto.

_ Lo haré, pero están muy bonitos.

_ ¿Tú crees? _ pregunta ella interesada.

_ Seguro, aunque no leo, me han gustado, déjame leerlos todos.

_ Está bien, pero por parte, uno por día hasta terminar y recuerdas que será nuestro secreto.

_ Está bien_.

A partir de ese momento Rolando pasa a ser parte de su secreto y asesor en ideas para uno que otro escrito.

 Los fines de semana Milagros visita su casa, pero su padre siempre trata de no verla mucho, no se sabe si por un sentimiento de culpa o simplemente por la causa por la que la dio a su media hermana. Un domingo, sentados a la mesa, estaban su madre muy emocionada y llena de vida, su hermanito que ha crecido y está prácticamente de su tamaño, también excitado y ella. Sus ojos brillan de alegría y no para de hablar y preguntarle cosas. De sus ahorros le da siempre algo a su hermano a quien quiere con locura.

El comedor de la humilde casa se encuentra entre la pequeña sala y la habitación de los padres, a seguidas la pequeña habitación donde habita solo el recuerdo de su hija, aquella que él desterró de su hogar sin explicación y sin piedad. La mesa de madera y cuadrada, con un pequeño mantel de cuadritos de colores, en la pared una litografía de un bodegón de muchas frutas, como para llevar abundancia a las comidas de la casa. Además, se encuentra un mueble de caoba en el que guardan los platos y demás enseres propios del comedor. Sobre él dos candelabros que se encuentran a cada lado y en el centro un paño de hilo bordado, sobre el que se encuentra una bandeja plateada.

Sentados los tres conversando animadamente, ya el manjar está servido en la mesa, moro de guandules, carne guisada, ensalada de lechuga, tomates, zanahorias y rebanadas de aguacate para variar y por ser domingo un refresco. Hace su entrada el padre, quien saluda a Milagros con un "qué hay" más frío que una noche de invierno y más seco que un desierto.

_ Hola, la bendición papá.

_ Dios te bendiga _ contesta como obligado.

No importa lo que ella haga para alagarlo, él siempre es el hombre seco y mandón por cuyo cerebro solo pasa lo estricto, pero en el fondo es por el miedo que le tiene a la vida. Se sienta en la mesa y comparten la comida, Milagros le mira y trata de conversar con él de temas de su todavía corta edad, pero sus respuestas siempre tajantes con su ronca voz de espanto solo endulzadas por las palabras de su madre y hermanito que le sirven de aliento. Ella sabe que ese comportamiento es propio de él y no contra ella, razón por la que pasa siempre normal.

Su vida va pasando entre sus dos familias, su rendimiento en la escuela es normal, sus amigas y amigos son fundamentalmente los de su curso, pero no comparte mucho con ellos, se mantiene medio sola tratando de buscar sus pensamientos para seguir cultivando sus ya cuadernos de escritura. Rolando siempre su confidente la alienta y le pide que debe enseñárselos a su maestra, pero ella no lo considera. Cuentos y poemas son parte fundamental de su producción que guarda ahora en su armario, en una gaveta con llave para que nadie más los leyera.

Felipe era hijo de Ramón, un hombre que nació con el destino marcado por la miseria, andando entre las espinas de sus días, maltratado por el hambre y seco de todo, tenía en sus labios una permanente sed de poder mejorar su condición, pero estaba acompañado de muchos que parecían hojas de un árbol en primavera, cuyo destino es efímero y negro. Sí, una población que recorre el mismo camino de desesperanza y conformismo, en una tierra árida como sus vidas, puestos siempre a merced del patrón, el verdugo de sus sueños, que ha podido conformar una vida a base de mentiras y engaños, que los explota y los deja conformes, acercándolos cada día más a la desventura y a la muerte. Ese era su padre que por obra del destino un buen día se tropezó con su madre, quien quedó fecundada de él, pero que se negó a quedarse en aquel pueblo sin destino y entrampada, partiendo con su vientre cargado de esperanza y amargura, pero decidida a cambiar su vida, por lo que decidió ir a la capital. Elena, como se llama su madre, llegó a la ciudad y se estableció en uno de los barrios de la zona norte, desde allí inicio su viacrucis para sobrevivir, trabajando en diferentes casas, lavando y planchando y con la dicha de encontrar un hombre llamado Julio, que la honró haciéndola su esposa, aceptándole el niño de apenas meses y luego teniendo una niña a la que llamaron Melisa.

Con el paso de los años, su padre que solo pudo ver 43 diciembres, ingresó a formar parte de los que alimentan la tierra, pasó por el mundo solo para conocer el sabor del sudor y la amargura de la desesperanza, partió con los surcos de su cuerpo señalando el camino de donde no hay regreso, una noche sin estrellas y de cálida brisa, como para sentir algún alivio.

Milagros sigue llevando una buena vida, sus primos y tíos se compenetran mucho con ella, de manera tal que se convierte en la alegría de la casa. Es la que consuela a sus primos cuando los castigaban, la que en cierta manera logra convencer a los padres cuando deseaban algo, la entusiasta de los juegos de parche, capitolio y otros en la casa. En fin, aquel destino que le impuso su padre realmente se transforma en su dicha, pero siempre con el amor de su verdadera familia presente.

La tarde cae lentamente como no queriendo dar paso a la noche. Milagros está donde una vecina, la familia la espera sentada en el comedor, todos en silencio, no hay palabra que pueda salir de sus labios, solo llanto y sollozos adornan la escena. Milagros entra y se encuentra con aquel cuadro desgarrador:

_ Pero ¿qué ha pasado? ¿Mis padres y mi hermanito están bien? _ pregunta desesperada.

_ Sí _ contesta Josefina.

_ A ustedes los veo bien, pero ¿qué es lo que pasa?_

_ Siéntate, te tengo que dar una mala noticia _ dice Freddy.

Ella se sienta rápidamente y nerviosa con la ansiedad de saber qué es aquello tan grave que está pasando.

_ Hoy recibí una llamada de tu padre, me informó que mañana te vendrá a buscar para llevarte a vivir donde tu abuela, quien está enferma.

_ ¡No puede ser! _ expresa ella a la vez que se une al llanto de la familia.

_ Otra vez me quitará mi hogar, pero qué es lo que quiere, no me puede ver con la gente que amo _ comenta y sale corriendo para su cuarto.

Josefina sale tras ella, la abraza y trata de consolarla con estas palabras:

Vas a estar bien, tú eres muy buena y sabes que siempre esta será tú casa.

Salen juntas de la habitación al comedor donde el resto de la familia se había quedado inmóvil y en una reacción automática todos se paran de sus sillas y la rodean en un solo abrazo de llanto en el que quedan no se sabe qué tiempo, pero su calor seca sus lágrimas.

_ Siempre serán mi familia, mi padre se empeña en separarme de las personas que amo.

_ Eternamente estaremos para ti y debes visitarnos cada vez que puedas, me puedes llamar y te busco _ manifiesta Freddy.

La mañana anterior en la que el sol con rabia dejaba llegar sus rayos plenamente sobre la ciudad y el calor se apoderaba de las personas que la habitaban, Freddy recibe una llamada telefónica de Felipe:

_ Freddy, ¿cómo estás?

_ Bien, ¿con quién hablo?

_ Es Felipe, tu cuñado.

_ Ah, yo bien, ¿y ustedes?

_ En el afán _ responde con su voz cruda.

_ ¿En qué te puedo servir?

_ Bueno, es para avisarte que he decidido que Milagros vaya a vivir con mamá, quien está un poco enferma y con mi otra hermana, sé que la quieren mucho, pero solo es para ayudar a mi madre.

Mientras pronunciaba aquellas palabras, Freddy siente como que llamas de fuego pasan de la cabeza a todo el cuerpo, se queda prácticamente mudo.

_ ¿Freddy, estás ahí?_

_ Sí, aquí estoy, pero es que no lo puedo creer_.

_ Sí, solo será hasta que mi madre se recupere, iré por ella mañana en la tarde_.

_ Está bien _ contesta Freddy, cuelga el teléfono y cae en la silla de su escritorio como momia.

_ Jefe, qué le pasa, ¿está bien? – le pregunta uno de sus empleados.

_ No, no estoy bien, tráeme un vaso de agua, por favor_.

El joven sale corriendo, le busca el agua y le pregunta:

_ Pero ¿qué le dijeron?_

_ Es que el padre de Milagros se la va a llevar mañana._

_ ¡Qué, después que ustedes la han criado y le han dado todo!_

_ Así es._

Tengo que decirle a Josefina, pero será después de la cena esta noche.

 No pudo resistir y cierra más temprano que nunca su negocio y sale para la casa, al llegar Josefina se encuentra en el jardín sembrando unas flores y se asusta.

_ ¿Qué te pasa?, ¿estás mal?_

_ No, es que tengo que decirte algo que ha pasado, entremos a la casa._

_ Es que tú hermano llamó y mañana se lleva a Milagros para donde su abuela._

_ ¿Cómo es posible?, ¿qué daño le habrá hecho esa pobre niña?, eso no es justo _ comenta Josefina.

Era realmente triste todo aquello y ni ellos ni Milagros lo consideraban justo, pero era una orden de su padre que por segunda vez atentaba contra su felicidad.

Sábado en la tarde, las lágrimas no han dejado de derramarse por toda la casa desde que se conoció la noticia.

_Tu secreto muere conmigo, pero debes ir pensado en darlos a conocer _ le sugiere Rolando.

Para la época tanto ella como él cuentan con sus 14 años de vida.

Suena el timbre de la casa, todos esperan, Freddy se acerca y abre la puerta, pero era el señor de la lavandería que traía unos pantalones suyos, unos minutos más tarde suena el timbre por segunda vez y ese sí es Felipe, el hombre que no podía ver feliz a Milagros. Una vez más en ella aparece esa lánguida y triste mirada de la despedida.

_ ¿Cómo tamo? _ se escucha la voz de estruendo que alborota la paz del hogar.

_ Pasa y siéntate _ le invita Freddy.

_ No, si me voy seguido, ando en un carrito público, me está esperando fuera.

La familia se vuelve a despedir de Milagros, esta vez uno por uno, como para dejar plasmada en cada uno de ellos las lágrimas con las que le deberán recordarla siempre.

_ ¿Estas son tus cosas? _ pregunta apresurado Felipe, al tiempo que agarra una maleta y un bulto.

_ Sí _ contesta ella apretando a Mariana, su inseparable amiga.

Él monta todo en el carro y espera que ella termine de despedirse.

Salen de Gazcue hacia el kilómetro 10 de la carretera Sánchez, donde tiene la madre de Felipe su casa. Una casa más o menos grande, de tres habitaciones, sala, comedor, cocina, marquesina, dos baños, cuarto de servicio con su baño, galería, jardín y patio.

Allí la espera la abuela, una señora de unos 75 años, blanca, de mediana estatura, un poco llena, de ojos medianos y un poco azulados, cabellera corta y blanca. Sus abundantes cejas parecían no dejarla ver bien, pero su mirada era firme y temerosa, camina con un pequeño bastón muy lentamente, producto de que se le hinchan mucho sus pies.

_ Hola _ saluda ella al momento que se acerca a la galería.

_ Ella es tu abuela Nidia _ la presenta el padre.

_ Mucho gusto, pasa adelante, esta es tu casa _ expresa la abuela.

A paso lento se la muestra, así como la habitación destinada para Milagros.

Ella la ve, deja sus cosas en esta y sale con ellos a la sala donde aún se encontra su padre.

_ Mira, Milagros, sé que extrañarás a tus tíos, pero es por la necesidad de que ayudes a tu abuela, ya que tu tía no puede auxiliarla mucho porque también está enferma. Ella legará en cualquier momento, sé que como siempre te portarás bien_ comenta el padre como para disculparse.

Exactamente, media hora más tarde entra la tía, una mujer de unos 46 años, de ojos similares a los de su madre, alta, delgada y medio encorvada, de muchas cejas, nariz redonda y de caminar con poca coordinación, por cuyos pensamientos han pasado muchos hombres, pero ninguno ha acertado en la realidad. Quizás por eso sufre de una extraña enfermedad acompañada de artritis, malestares estomacales, entre otras, por lo que se mantiene malhumorada la mayor parte del tiempo. Trabaja en la oficina de un abogado en donde los casos son tan pocos que apenas cubre los gastos para mantenerse.

_ Saludo, soy Loreta, imagino que tú eres Milagros.

_ Sí, soy yo _ contesta ella extendiéndole la mano.

_ ¿Ya te acomodaste? _ pregunta al tiempo que camina hacia su habitación y dejándole la mano extendida, lo cual fue de gran desagrado para la niña y medita inmediatamente en lo que le puede esperar.

El padre entra tras su hermana y al alcanzarla le advierte:

_ Eso no se hace y no permitiré que abuses de ella bajo ningún concepto._

_ Es que estoy cansada, pero me disculparé._

Milagros se asombra por lo que le hizo su tía y más por la actuación de su padre que por primera vez en su vida la defendía. La tía sale de nuevo y se disculpa a la vez que le extiende la mano.

_ Estarás bien _ le asegura el padre a Milagros al retirarse.

Luego este aborda un carrito público.

Ella ingresa en su cuarto para organizar sus cosas, en ese momento entra la abuela y se le pone la orden:

_ Cualquier cosa que te haga falta me dices. Mira, esa es tu toalla.

_ Gracias, abuela.

 "Esta muchachita no creo que me sirva, pero vamos a ver", con ese pensamiento sale la abuela de la habitación.

 El padre le había adelantado más o menos en qué ayudaría, por lo que estaba preparada para ello, fundamentalmente cuidar a la abuela y ayudar a la tía con los quehaceres de la casa. También le había prometido que ella continuaría con los estudios y le indicó el colegio al que asistiría. Milagros seguía en su tristeza por dejar aquel hogar donde ya había hecho su vida, abandonar a sus primos y tíos con quienes estaba compenetrada y sus amigos del colegio, aunque no compartía mucho con estos últimos, formaban parte de su vida y también de las historias que escribía. El lado bueno era que ahora tendrá un nuevo escenario y nuevos personajes para sus escritos.

Da un repaso a la casa para ubicarse mejor, sale al patio en el que se encuentra una mata de mango y una de cereza. Regresa y se encuentra con la tía que le explica el funcionamiento de la casa y las reglas que la rigen, al finalizar, retorna a su habitación y habla con Mariana que está como siempre sentada, ahora en su nueva cama y le dice:

_ Bueno, Marianita, parece que la cosa aquí no va a ser fácil, esperemos que todo salga bien.

Mariana como siempre inmóvil y con su mitrada fija como queriéndole afirmar lo expresado por ella.

Se inicia el primer día, las 6:00 de la mañana, la abuela levantada en la cocina poniendo el café, Milagros se levanta, va al baño y se prepara, pasa a la cocina, la tía en el otro baño también preparándose para su labor del día.

_ Buenos días, abuela._

_ Buenos días, Milagros, ya el café está hecho, ¿tomas?_

_ Sí, un poco, yo me serviré._

En eso entra la tía y exige que le sirvan también.

_ Sírveme a mí, por favor._

_ ¿Cómo lo tomas? _

_ Con dos cucharaditas de azúcar negra, mírala en ese pozuelo._

Milagros le sirve el café gustosamente en una tasa pequeña que se utiliza para esos fines, pero ve que la abuela lo echa en un jarrito de aluminio y toma nota para tratar de ir conociendo las costumbres de aquel que a partir de ese día es su nuevo hogar. Así se inicia su primer día seguido de las instrucciones de su tía entre interrogatorios sobre lo que sabía cocinar. Ya al ser las 10:00 de la mañana se había dado cuenta de que las cosas no serían fáciles para ella y que era totalmente diferente al hogar que anteriormente le acogió. Extrañaba a sus primos, en especial a Rolando, custodia de sus escritos.

Llega el lunes, es el día de ir a presentarse al colegio, antes de salir ha preparado el desayuno a ambas, el de ella y su merienda. Cuando está lista hace un repaso para ver si le falta algo por hacer, luego sale hacia el colegio, al llegar a la avenida Independencia se incorpora a una larga fila de jóvenes y niños que se dirigen al mismo destino, a solo unas cuadras está el lugar donde habrá de adquirir nuevos conocimientos. Piensa en la gran cantidad de alumnos que van en su ruta y también en que debe ser muy grande. También piensa cuántos estarán con ella en su curso y cómo será el trato de los profesores y de sus nuevos compañeros. Esas inquietudes se las expresó a su compañera inseparable, Mariana, la noche anterior.

Llega al colegio y pregunta por la dirección a un señor que está como seguridad en la puerta, quien le indica el camino. Entra y se presenta en una ventanilla en la que una simpática joven le recibe:

_ Buenos días, ¿eres nueva?

_ Buenos días, sí.

_ Bienvenida, en esta hoja están las instrucciones y reglas de nuestro colegio, ahora permíteme ver tus papeles _ le solicita la joven de la ventanilla.

_ Gracias, dice ella a la vez que recibe la hoja con las instrucciones y entrega los papeles.

_ Está todo en orden, tu curso es el 2B en el segundo piso, entrégale este volante a la profesora y espero que pases un buen día y te guste nuestro colegio.

Milagros da las gracias y se dirige al aula que le indicó la joven.

_ Buenos días _ saluda desde la puerta a la profesora que estaba de pies frente a su mesa de trabajo.

_ Buenos días, adelante _ responde la profesora.

_ ¿Estás con nosotros?

_ Sí _ contesta y a seguidas entrega el volante.

_ Pues bienvenida, puedes sentarte.

Pasa entre dos filas de asientos, llega al final del aula y se coloca en el último asiento de la fila junto al pasillo. Mientras caminaba sentía que todos los ojos que pululan en el curso estaban sobre ella, lo que sumó fuerza a su nerviosismo.

_ Ella es Milagros y es su nueva compañera _ la presenta la profesora.

_ Mucho gusto _ expresan los nuevos compañeros a coro.

Ella se pone de pie y da las gracias.

Desde el asiento que le tocó puede visualizar a todos los alumnos sin esfuerzo alguno, ventaja que le permite realizar un estudio a priori de estos y estar atenta a todos los movimientos. Esta ubicación le permitirá disfrutar de la fresca brisa que penetra por la puerta de entrada que le queda a su lado y que de cuando en vez le permitirán transportarse a través de ella hacia las nubes que cada día le saludarán de manera deferente y que serán una nueva fuente de inspiración.

El salón tiene dos puertas laterales que dan al largo balcón que a su vez sirve de pasillo, en su interior y frente al estudiantado dos pizarras grandes, la mesa de la profesora y el zafacón. El salón está adornado en los laterales por litografías de algunas áreas del saber. Empieza a ver a cada uno de los alumnos para conocerlos visualmente, pues son 41 sin ella.

_ Hola, yo soy Maciel, ¿y tú? _ saluda y se presenta la niña que le queda en su lateral derecho.

_ Hola, yo soy Milagros, mucho gusto.

_ ¿Vives cerca de aquí? _ pregunta Maciel.

_ Sí, a pocas cuadras _ responde Milagros.

_ Yo vivo en el Invi.

_ No sé dónde queda.

_ Es cerca, solo a unas cuadras, derecho, un día te invitaré, así conoces a mis padres y hermanos._

_ ¿Son muchos?_

_ Cuatro, dos hembras y dos varones._

_ ¿Y tú cuántos tienes?_

_ Solo uno._ ¡Ah, menos rebú en la casa!

_ No, no vivimos juntos._

_ ¿Se separaron tus padres?_

_ No, pero vivo desde el sábado con mi abuela y mi tía, quienes están un poco enfermas.

_ Bueno, me alegra que no estén separados.

_ Pongan atención aquí, vamos a pasar la lista que está por orden alfabético y el número que le corresponda será su número siempre.

La profesora también explica la forma de ordenarse para subir la bandera, cantar el himno y las demás acciones que preceden a la entrada al curso, así inicia para los alumnos formalmente el año escolar.

En la hora del recreo Milagros conoce algunas de las nuevas compañeras presentadas por Maciel con las que comparte por un rato con poco entusiasmo y tratando de quedar sola. No era antisocial, ella solamente quería tener cada vez que pudiera la oportunidad de tiempo para lograr su inspiración y continuar con sus escritos.

De regreso a la casa a quitarse el uniforme y a convertirse en la ama de casa que el tiempo fue haciendo de ella, cada vez son más los oficios que debe realizar, su tía le fue dejando los pocos que hacía y agregándole otros. Su abuela postrada en un sillón frente al televisor viendo todas las novelas y las noticias, apenas se bañaba y tomaba sus alimentos por ella misma. Se acomodan de tal manera que a sus nueve años ya la habían convertido en una esclava. Lavar la ropa, hacer la comida, lavar los baños, arreglar las camas, barrer, trapear, en fin, todo lo que era necesario y hasta cargar el agua desde la cisterna cuando no había energía eléctrica. Era mucho trabajo y en sus momentos de descanso a estudiar, a veces no le daba el tiempo suficiente para lograrlo. Pero su inteligencia le permitió dar prioridades y poner un orden a las cosas, asignando días para las diferentes tareas y llevar una vida menos pesada.

La tía por su parte llegaba del trabajo, comía y se acostaba a ver televisión, cuando le salía de los pulmones le daba dos o tres pesos a Milagros como dádiva, ella los cogía sin decir nada y los guardaba, a veces guardaba también los de su merienda y con el paso del tiempo abrió una cuenta de ahorros en un banco de manera secreta.

Bruno, el novio de la tía de muchos años, pero con quien no había formalizado una relación por razones desconocidas, es tratado como parte de la familia y siempre la visita. Él es un hombre de estatura más o menos mediana, mulato, de grandes cejas, ojos regulares y nariz un poco chata y no producto del boxeo, su pelo crespo. Está divorciado con dos hijos, lo que a la madre de

Loreta no le gusta y a pesar de tratarlo muy bien, es opuesta a que se casara con ella. Loreta por su parte es una mujer de pocos atractivos, alta, con el talle de una nevera y de largas piernas que terminan en dos pies ligeramente deformados, sus grandes ojos parecen de un búho, su boca de labios casi inexistentes, de larga nariz que hace juego con sus piernas, su pelo corto por necesidad pare rayos de bicicleta, dominados a la fuerza por el peine caliente. En realidad, son el uno para el otro, pero pobre de la criatura que surgiera de estas dos figuras. A pesar de todo, ese era un amor eterno y que se ejecutaba fuera de la casa para no dar disgusto a la madre, que pensaba que habían desistido y solo eran amigos. Es el dueño de una ferretería y le va muy bien. Le presentan a Milagros y le informan a esta que es un amigo de la familia, pero al poco tiempo ella se da cuenta que entre él y Loreta brotaba algo más que una simple amistad.

Bruno le cae bien a Milagros, a partir de ese momento bromea mucho y la trata bien, incluso los sábados si pasa por la casa le da su par de pesos, uno que otro fin de semana salen todos invitados por él y a la tía se le desaparecen todas las enfermedades desde que él se hace presente.

Sábado 8: 00 de la mañana, se escucha el timbre del teléfono, Milagros como de costumbre contesta:

_ Buenos días.

_ Celebro tu cumpleaños…_ es la voz de su madre y su hermano que le cantan a coro.

_ ¡Qué grata sorpresa, gracias, muchas gracias! _ repite con un profundo sentimiento de alegría.

_ Hola, mi hija, deseo cumplas muchos más y seas muy feliz.

_ Gracias, mami.

_ Yo también te felicito y deseo seas feliz _ le manifiesta su hermano.

_ ¿Cómo estás?

_ Bien, extrañándolos siempre.

_ ¿Y papá?

_ En el trabajo.

Conversan por unos largos minutos, ya no era necesario para su madre ir al colmado a llamar, pues su padre hace dos meses logró instalar un teléfono en la casa por lo que pueden hablar más tiempo y con frecuencia. Luego de la llamada pausa por un momento la celebración de su cumpleaños, ya que la tía y la abuela no sabían, ni se preocupaban por eso. Pero ella sentía que seguía creciendo y haciéndose más fuerte para sobrellevar su vida, debía estudiar para no ser esclava cuando crezca y se case.

A las 9: 00 de la mañana tocan la puerta, Milagros va a abrirla y al hacerlo ve frente a ella a su tía Josefina con sus dos hijos que le cantan feliz cumpleaños al mismo tiempo que se enredan en un abrazo, ella los invita a pasar.

_ ¿Cómo estás?, ¡mira lo que te trajimos!

Ella toma el regalo y lo abre, se trata de unos zapatos y un vestido, los mira y le salen las lágrimas, expresa con emoción:

_ Ustedes siempre se acuerdan de mí, ¡qué belleza!

_ Freddy tuvo que ir a trabajar, pero te envió este sobre.

_ Gracias, qué pena no verlo.

_ Tía, siéntense, ¿desea café y ustedes un juguito?

_ Tranquila, nos acabamos de desayunar _ responde Josefina.

Se involucran en una conversación, hablan de todo y recuerdan las locuras que hacían, en eso sale la abuela y saluda:

_ Hola, ¿cómo están?_

_ Bien, ¿y usted?_

_ Siempre con algo, pero es la edad._

_ Con permiso, están en su casa _ dice y luego se retira a la cocina.

Josefina y los primos siguen hablando con Milagros por unos veinte minutos más y después se despiden.

_ Mami, ella está triste, viste sus ojos, lo dicen todo, lo sé _ expresa uno de los primos.

_ Sí, a mí también me pareció _ dice Rolando, el dueño de su secreto.

_ Cuando hablamos por teléfono ella a veces me cuenta algunas cosas, realmente está sufriendo, pero no podemos hacer nada _ les dice Josefina a sus hijos mientras se alejaban de la casa.

He dibujado esta flor

Con el pincel de mi corazón,

Para la niña más bella

Que me llena de emoción.

Es lo que lee el lunes en un papel de cuaderno que le lanzó Tony, un compañero de clases, ella se emociona, su corazón palpita más rápido y por primera vez lo mira y haciendo mímica con la boca le expresa simplemente las g r a c i a s. Él también emocionado se siente correspondido y en el recreo trata de hablar con ella.

_ Hola, ¿te gustó lo que escribí para ti?_

_ Sí, no sabía que eras poeta._

_ No lo soy, solo puse en el papel lo que siento._

_ Pues creo que debes escribir porque lo haces muy bien._

_ ¿Te parece?_

_ Claro, esa es la prueba._

_ ¿Serías mi novia?_

_ No, por el momento no puedo pensar en nada de eso._

Esa respuesta le rompe el corazón a Tony que pensaba que sería segura su conquista, pero no desmaya en tratar de lograr su objetivo una y otra vez por mucho tiempo, alcanzando colocarse como el número uno de sus amigos y con quien tendrá mucha confianza.

El domingo, luego de su cumpleaños, está almorzando en casa de su madre, su hermano le lleva a la mesa, después de la comida, un pequeño bizcocho con una velita y le cantaron nueva vez, al apagar la velita su hermano le dice:

_ Pide un deseo._

Ella cierra sus ojos y concentrada pide que su padre la quisiera y no la odiara, al abrir los ojos la madre le pasa un regalo, es una caja, ella le quita el papel y ve unos bellos zapatos.

_ Gracias, están preciosos._

 En realidad, no le gustaron mucho, pero disimuló para agradecer el gesto.

 _ Tu padre te los compró._

 _ Gracias, Papi _ dice.

 Luego se dirige hasta el lugar que ocupaba en la mesa y le da un beso a este, haciendo lo mismo con su madre y hermano.

La verdad es que su madre fue quien le obligó a comprarle los zapatos en la tienda en la que labora y al parecer buscó algo que estaba en especial. El padre siempre se comporta de una manera seca con ella, esconde sus sentimientos, si es que los tiene, pero es su forma de hacerse el fuerte.

Luego del almuerzo se va con su madre y su hermano a su antigua habitación, allí se cuentan sobre cómo están las cosas y cómo le va a ella con su abuela y su tía.

_ Bueno, mami, realmente no estoy mal, pero nunca estaría mejor que con ustedes._

_ Gracias, hija. ¿Pero no te maltratan?_

_ No, en realidad no._

_ Y tú, ¿qué me cuentas? _ le pregunta a su hermano a la vez que lo hala por una oreja._

_ Bien, pero me haces falta._

_ Lo sé _ responde ella.

Milagros no le dice toda la verdad a su mamá para no preocuparla, pero en casa de su abuela y la tía cada vez ella tenía más trabajo, había pasado de ser la ayuda que su padre deseaba para ellas, a ser una esclava de las obligaciones de la casa y de sus caprichos.

Un sábado, tres semanas después de aquel cumpleaños, está Milagros en el pequeño jardín arreglando, podando las flores y sacando la yerba mala, eran aproximadamente las 10: 00 de la mañana y el sol ya calentaba con fuerza el día, aunque en su jardín reinaba la sombra, razón por la que realiza su labor con tranquilidad. Después de la lectura es su pasatiempo favorito y mantiene el pequeño jardín muy bonito con diferentes tipos de flores y en algunos tarros con orquídeas de diferentes colores. Les habla a las flores y las trata con mucho cariño, a lo que ellas responden siendo más bellas cada día. Mientras disfruta de aquel agradable momento, escucha un ruido, entra a la casa y va a ver a la abuela, allí está tendida en el piso. Al verla en el suelo e inconsciente piensa lo peor, pero siente que respiraba, se apresura y llama a Leo, vecino que tiene un carro de transporte urbano y siempre le da servicio a la familia.

_ Leo, Leo._

_ Sí, dime avispita _ responde.

Él por el cariño que le tiene a Milagros le llama con ese apodo.

_ Corra, ayúdeme, vamos al hospital que abuela se ha puesto mala._

Inmediatamente corre y con la ayuda de otro vecino la colocan en el asiento trasero del carro con la cabeza en las piernas de Milagros y parten para el hospital. Leo se abre paso entre los demás vehículos tocando la bocina y haciendo señas con la mano y voceando que era una emergencia. Afortunadamente no hay tapones por lo temprano del día, lo que les permite llegar en cuestión de minutos al hospital y Leo se desmonta y grita para que vengan en su auxilio, salen dos enfermeras con una camilla y entre los tres la montan en ella y la introducen a la unidad de emergencia, allí la atienden de inmediato.

_ Llamaré a mi tía y a mi mamá _ le dice a Leo mientras esperan en la sala.

_ Sí _ contesta él muy nervioso.

_ Perdón, ¿puedo usar el teléfono, por favor?_

_ Mira un público allí _ indica la recepcionista.

_ Es que salí sin dinero por la prisa y tengo que avisar a mi tía.

_ Está bien, dame el número. La enfermera le marca y ella habla con su tía, le explica y le dice donde se encuentran.

_ Pero ¿cómo está? _ pregunta la tía.

_ No sabemos, nos sacaron del lugar donde la atienden y nos ordenaron que esperáramos fuera._

_ Está bien, salgo para allá._

_ Llame a papá._

_ Está bien _ dice la tía.

Esta llama a su hermano.

_ Hola._

_ Buenos días, zapatería El Arte, en qué le ayudamos._

_ Por favor, es urgente, ¿me puedes poner a Felipe?_

_ Sí, le llamo enseguida._

_ Felipe, te llaman, dicen que es urgente._

Felipe se disculpa con un cliente a quien le está probando unos zapatos y va rápido al teléfono temiendo lo peor:

_ Dígame._

_ Felipe, soy Loreta, mamá está en el hospital. Milagros la encontró en el suelo inconsciente._

_ ¿En cuál están? _ pregunta Felipe, y al escuchar la respuesta de su hermana contesta:

_ Salgo para allá._

Cuarenta y cinco minutos más tarde se encuentran en el hospital:

_ ¿Cómo está? _ pregunta él.

_ No sabemos aún, pero los médicos la están atendiendo _ responde Milagros.

Trata de pasar al lugar donde la atendían, pero una enfermera lo detiene:

_ Un momento, señor, no puede pasar, tan pronto como tenga noticias se le informará, por el momento es mejor que espere y permita que ellos hagan su trabajo._

Una hora más tarde sale el doctor, todos corren al verle. Él les informa que está estable, pero que se afectaron sus extremidades inferiores, por lo que no volverá a caminar, se recuperará lentamente. Los exhorta a tener paciencia, ya que afortunadamente ella es fuerte por lo que las cosas no fueron peor. Estará unos días en el hospital para observar cómo evoluciona.

Contentos porque está viva, pero angustiados a la vez por saber que no podrá caminar. Será difícil como lo es siempre en estos casos. Los hermanos se abrazan y por sus mentes pasan muchos pensamientos. Milagros sabe que la mayor carga será para ella. A partir de ahora tendrá que dedicarle mucho más tiempo a la abuela y aprender cómo ayudarla a medidas que se presenten las diferentes situaciones, es un nuevo reto del que no está segura de poder lograr.

Doña Elena se va recuperando y el doctor espera que esté presente Loreta para darle la noticia de que está mucho mejor, pero que no podrá caminar.

_ Hola, ¿cómo se siente hoy? _ pregunta el doctor.

_ Muy mejor _ responde con media voz debido a la parálisis facial que le provocó aquella llamada hemiplejia.

_ Y seguirá mejorando, lo que lamentamos es que no vuelva a caminar, lo siento mucho _ le manifiesta el doctor.

Doña Elena siente que le cae el mundo encima y sus lágrimas no se hacen esperar, pero toma fuerzas y le dice al doctor:

_ Eso es lo que ustedes creen, pero ya verán.

A pesar de su positivismo y del apoyo de los hijos y su sobrina, ella sabe que es poco probable que sea una realidad lo que ha expresado. Pasa dos días más en el hospital, será llevada a la casa, pues ya está en condiciones de salir, su fuerza de voluntad admira a los doctores que se sorprenden de la evolución, y expresan que su recuperación será rápida, pero que dudan mucho que pueda caminar, pero no le dicen nada para que mantenga sus esperanzas, quizá eso la ayuda.

_ ¿Está lista para regresar a casa, mamá? _ pregunta Loreta.

_ Sí _ responde dejando salir de sus ojos las pocas lágrimas que le quedaban.

 Le ayudan a sentarse y se dirigen para la casa. A partir de ese momento la vida será diferente para ella, su estado físico afecta también la tranquilidad de toda la familia y muy especialmente a Milagros.

Salen en el mismo carro de Leo, mientras Loreta y Milagros tratan de darle ánimo en el camino, Elena solo veía las aceras por donde tanto había caminado y que no podría volver a pisar, pensaba que poca importancia le da uno a las partes de su cuerpo que funcionan normalmente y no la notamos hasta que tienen un fallo.

Llegan a la casa y como es natural le ayudan a bajar, la sientan en su silla de ruedas que a partir de ese instante será sede de sus nalgas que soportará ahora todo su cuerpo. Entran a la casa y le dejan en la sala para recibir algunos vecinos que han ido a verle y consolarle. Los amigos le dan ánimo para seguir adelante y tratan de alentarla ante la situación.

Con el paso de los días, las semanas y los meses Elena se va acostumbrando, si le podemos llamar así, a su condena en la silla, y a pesar de los esfuerzos que hace para ver si logra, aunque sea una pequeña señal de aliento, todo es inútil. Para Milagros, como era de esperar, las cosas se han complicado, tiene que hacer un esfuerzo mucho mayor para lograr tener todo siempre en orden y como si fuera poco atender también a la tía que se ha acomodado a lo fácil. Sus fuerzas disminuyen por todo el trabajo que tiene que realizar y que prácticamente no le da tiempo para sus estudios.

Lavar, limpiar la casa, cocinar, atender ahora de un todo a Elena y lo único que le gusta es arreglar el jardín, pero para él ya no tiene mucho tiempo. A Mariana también le habla poco, pues permanece poco tiempo en su habitación y solo en la noche puede compartir con ella sus experiencias y quejas, si no se queda rendida.

Milagros esto, Milagros lo otro, es la canción que interpretan ahora tanto la abuela como la tía sin importarles en lo absoluto lo que ella esté haciendo. Su estadía en aquella casa se convierte en una verdadera tortura, ya no tiene tiempo ni para sus escritos, era muy poco lo que había plasmado desde que su abuela quedó postrada en aquella silla.

_ Hace tiempo que te noto triste, tus ojos están apagados, ¿qué te pasa? _ le cuestionó Tony en el colegio.

_ Nada, es que estoy un poco cansada.

_ Pero tus notas también han bajado, tú eres muy buena estudiante y sé que algo te pasa, confía en mí, y te ayudo en todo lo que pueda.

_ Es solo que tengo que hacer muchas cosas en la casa y en verdad solo descanso cuando estoy aquí.

Ella le cuenta todo lo que hace y que su tía no quiere hacer nada, que va al colegio porque su padre consiguió una señora que cuida la abuela mientras ella está en este. Tiene hasta que cargar agua cuando no hay energía eléctrica.

_ Es un abuso, cómo puede haber personas así _ comenta Tony.

_ Lo de mi abuela lo entiendo por su enfermedad, pero mi tía puede hacer muchas cosas como antes, pero desde que llegué se fue acomodando a no realizar nada _ dice Milagros con los ojos aguados.

Tony la abraza y ella siente un verdadero apoyo en ese momento, algo que solo su madre y Josefina le habían proporcionado en algunos momentos.

_ Gracias, Tony, no sabes cuánto te agradezco tú respaldo, me hace mucha falta, pues solo puedo hablar con Mariana.

_ ¿Quién es ella? ¿No está en el colegio? _ pregunta él.

_ No, ella es mi mejor amiga, duerme conmigo todas las noches y cuando no me duermo me escucha siempre muy atenta, está conmigo desde pequeña._

_ ¿Y no está en el colegio?_

_ No, a ella no se lo permiten._

_ ¿Por qué?_

_ Es que tiene algunos defectos que le impiden estar en él._

_ ¡Qué pena! _ lamenta Tony.

_ Bueno, tengo que irme, gracias por apoyarme, te veo mañana.

_ Siempre, mi amor._

_ ¡Ah, no te pases!_

_ Sé que algún día será._

Ella sale para su casa, era ya una costumbre que el camino fuera especie de una terapia para su día, veía las vitrinas de algunas de las tiendas de la plaza y los negocios, el ruido de los carros, el alboroto de la gente y los motores, las guagüitas que venden todo tipo de cosas, eso la sacaba de aquella casa que parecía un sepulcro donde la habían enterrado viva, gran parte del tiempo lo dedicaba a los oficios.

Esa noche, luego de preparar la cena, fregar y cumplir con todo lo que le encargaban sus jefas, se tira en la cama y habla con Mariana.

_ Sabes, en realidad Tony es atento, buen estudiante, hoy descubrí que me da apoyo, es un buen candidato a tener mi amor._

_ ¿Qué te parece, Mariana?_

Como siempre Mariana la observa con sus grandes ojos y su impecable silencio._

_ Sí, sabía que pensarías igual _ se contesta.

Aprovecha para estudiar un poco, pero su pensamiento está en Tony. "¿Será amor?", se pregunta.

Está confusa, pues en ella nunca ha palpitado ese extraño sentimiento que engalana el mundo.

Abraza a Mariana y le dice:

_ Ya veremos._

Tímidamente el cielo se va tornando casi plateado, mientras los gallos despiertan el día con su cantar. Son las 6: 00 de la mañana, Milagros le dice a Mariana:

_ Te cogiste toda la sabana para ti y me dio un poco de frío, pero te perdono._

Se levanta estirando sus extremidades para poner el cuerpo en condiciones, se da un baño y se dirige a iniciar las actividades del nuevo día, rutina que le lleva la vida de una manera muy diferente a la que debió ser en su hogar natural. Va a ver a su abuela, la levanta, la asea, la pone en su silla con la ayuda de la tía, que es en lo único que da apoyo por saber que Milagros no puede hacerlo sola. A seguidas a preparar el desayuno de todos y su merienda, comparten en la mesa y Milagros se dispone a fregar rápidamente para recoger sus libros e irse a la escuela. Es la parte del día que más le gusta, pues va a aprender y tiene la oportunidad de descansar de todas las tareas que le impone aquella rutina en la casa de su destino. También puede disfrutar de la compañía de sus escasas amigas y de Tony.

Sale a respirar el aire de la tranquilidad, se encuentra con Tony en la esquina:

Hola, mi reina.

_ Hola, Tony, qué coincidencia._

_ No, te esperaba, una reina no puede andar sin escolta._

_ Gracias, pero no soy tu reina._

_ Eres más que eso, eres mi diosa, eres la sangre que corre por mis venas._

_ Amaneciste poeta hoy._

_ Eso me pasa cuando pienso en ti, y eso es todo el tiempo._

_ ¿Verdad?, no te creo_.

_ Pues debes creerlo, pues mi corazón me exige que conquiste el tuyo, yo realmente no soy culpable._

Mientras le expresa esas palabras roza su mano derecha con la de ella tratando de tomarla, pero Milagros no se lo permite, lo evade con disimulo saludando otra compañera que va más adelante que ellos y a la que se unen al entrar en la avenida Independencia, ruta de la caravana de estudiantes que se dirigen a los diferentes colegios y escuelas del sector, matando así la esperanza de Tony de tomar su mano y saber si su conquista ya es un hecho.

En el recreo por lo regular se forman grupos de amigas y amigos a conversar y los niños a jugar. Milagros está con sus amigas Maciel y Alicia compartiendo, esta última a diferencia de Maciel que es humilde y sincera es una niña engreída, altanera, criada añoñada producto de padres que la complacen en todo. Unos cuantos metros más allá se encuentra Tony con uno de sus mejores amigos, y a quien le cuenta lo enamorado que está de Milagros:

_ Me tiene loco, solo pienso en ella.

_ ¿Pero se lo has dicho?

_ Claro._

_ ¿Y qué te dice?_

_ Bueno, ella no me rechaza, pero tampoco me acepta _ le responde él al tiempo que dirige su mirada hasta los ojos de Milagros, que también están fijos en los de él

_ Pero no te quita la mirada de arriba _ comenta el amigo.

_ Sí, pero nada más.

Del otro lado Maciel le dice a Milagros:

_ Él está loquito por ti._

_ Sí, lo sé, aunque me siento bien cuando estoy a su lado, lo veo como un buen amigo._

_ ¿Cuántos novios has tenido? _ pregunta Alicia.

_ Ninguno. _

_ Es la inexperiencia, se derrite por ti y no le haces caso. Pruébalo y si no te gusta bótalo y sigue para adelante, como hago yo._

_ Así tendrás mucha experiencia _ dice Maciel.

_ Claro, con esta belleza son muchos los que han caído._

_ Ya veremos _ dice Milagros al sonar el timbre.

Se dirigen al aula y al entrar le pregunta a Maciel, quien se sienta siempre a su lado:

_ Esta, ¿qué se cree?_

_ Ella es así, no le hagas caso, pero si te gusta Tony adelante._

_ Ya veremos, aún no lo sé._

_ Cuando llegue el momento lo sabrás _ expresa Maciel.

Pasan semanas que al sumarse eran meses. Tony iba a buscarla todos los días para acompañarla al colegio y de regreso también era su custodio, su amigo, su servil, pero a pesar de todos los esfuerzos y las palabras para solicitarle su amor, ella siempre le decía una frase que le hizo famosa con él, "ya veremos". Se aproxima a los quince años y en su cuerpo empiezan a brotar nuevos y hermosos atributos que despiertan otras ansias. Ha crecido, sus pechos y trasero forman parte importante de su ahora moldeado cuerpo, su rostro a pesar de verse adornado de algunas espinillas y de vez en cuando con algún barro, luce hermoso. No era la niña por quien Tony daba la vida, ahora era la joven por la que los jóvenes apostaban conquistar. Los piropos e insinuaciones, a veces hasta indecentes por parte de mayores, le provocan sentir la necesidad de quizá tener un amor.

Loreta siempre trabaja en la oficina y es quien provee el mantenimiento de la casa, sumado a algo que cuando podía le daba su hermano, el padre de Milagros. Eficiente en su labor en la oficina, pero se ha acomodado en la casa, donde ya no hace nada más que leer revistas y ver novelas, quizá a ver si encuentra un drama parecido al suyo con Bruno. Drama de dos vidas amorosas, pero sin determinación. Su existencia se pasa entre la oficina y sus salidas con Bruno, que visita la casa con frecuencia y que la madre acepta, pero siempre lo mira por encima de los lentes como para informarle su desaprobación, dado que llevan años en lo mismo sin formalizar una boda.

Bruno siempre con una sonrisa medio burlona llega a la casa, muchas veces con un trago en un vaso, que mueve en forma circular para enfriarlo y esta es una de las cosas que más desagrada a Elena de él. Esta piensa que se burla de su hija y de ella también con esa actitud.

Bruno siempre trabaja de lunes a viernes y los sábados los usa para salir en recorrido de bebedera visitando diferentes lugares entre los que se encuentran colmados, casas de amigos y a veces termina en la casa de Elena, donde posiblemente le toca a Milagros cocinar un asopao o un sancocho.

Un sábado de esos Loreta lleva a su madre Elena al salón de belleza para que le laven la cabeza y la recorten un poco, como forma de hacer frente al calor. En esos días está muy alta la temperatura. Milagros queda sola en la casa haciendo la rutina, pero al ser fin de semana se le suman otras tareas tales como lavar las ventanas, limpiar y arreglar el patio, entre otras tareas. Como su abuela y su tía se acaban de ir y no hace mucho tiempo que almorzaron, ella se encuentra fregando para luego lavar las ventanas, en eso suena el timbre:

_ Va._

Abre la puerta al ver que es Bruno.

_ Hola, ¿cómo estás?_

_ Bien, ¿y usted?_

_ Bien._

_ Aquí trabajando como siempre, ellas no están._

_ ¡Oh, salieron!_

_ Sí, están en el salón._

_ Ah, está bien, esperaré un rato._

_ Bueno, si desea algo me avisa._

_ Sí, dame un poquito de hielo en este vaso._

_ Oh, sí, venga._

Él entra a la cocina, ella siente que se le pega por detrás.

_ ¿Qué pasa, Bruno? _ reprocha ella sorprendida por aquella acción.

_ Nada, es que deseo probar ese bello cuerpo que tienes _ dice a la vez que la acaricia.

_ Nada de eso, déjeme por favor _ grita.

_ Está bien, pero no es para tanto _ dice él.

_ Por favor, respéteme o se lo digo a tía._

_ Tranquila, pero que esto quede entre nosotros._

_ Por ser la primera y espero que sea la única, no diré nada._

_ Está bien _ promete él.

Unos minutos más tarde llegan Elena y Loreta.

_ ¡Oh, qué sorpresa! _ dice la tía mientras empuja la silla de ruedas con Elena, quien como siempre le mira con disgusto.

_ Hace un buen rato que espero_ contesta Bruno.

_ ¿Te han tratado bien?_

_ Claro, como siempre _ responde como para disculparse con Milagros.

_ ¡Qué bien! _ dice Loreta al tiempo que detiene la silla y su madre le ofrece la acostumbrada mirada de desaprobación.

Milagros termina de lavar las ventanas y secar el piso. Luego se dirige a su habitación donde de inmediato le comunica a Mariana lo sucedido. La visita sabatina se hizo una frecuencia en Bruno con el claro propósito de tratar de conquistar a Milagros, incluso aumentando el dinerito que siempre le da desde pequeña. Ella se negaba a cogerlo después de lo sucedido para evitar problemas, aun así, Bruno se lo deja sobre la mesa del comedor.

Una de esas tardes sabatinas en que Bruno trató nuevamente de propasarse con ella, Milagros espera a Loreta y le dice:

_ Tía, tengo que explicarle algo que está pasando con Bruno._

_ Dime, ¿qué le pasa a Bruno? _ pregunta como si ignorara lo que ya realmente hace tiempo imagina.

_ Ha estado molestándome, acosándome cada sábado que viene._

_ ¡Eso no puede ser, tú estás loca!, Bruno no es así, déjate de inventar cosas y vete a fregar._

Otra vez sufre Milagros la falta de apoyo de su familia y sabe que la reacción de la tía es por temor a perder el hombre que ha llenado en parte su vida tantos años. A pesar de no honrarla con el matrimonio, es evidente que ella tendrá que tomar medidas para evitar que Bruno logre su deseo.

Loreta, celosa por saber todo lo que pasa y con el miedo de hacer algo, decide mientras Milagros se encuentra en un acto del colegio, revisar su habitación. Entre sus cosas encuentra los escritos, los toma y los guarda para cuando ella llegue hacerle una escena y tratar de justificar a Bruno. Dos horas más tarde llega Milagros, muy ajena a todo y cansada, solo logra entrar cuando escucha la voz de su tía:

_ ¡A esto es que tú te dedicas, y después dices que es Bruno que te provoca! _ le vocifera agitándole sus escritos en la cara y continúa:

_ Es por eso que salen preñadas jovencitas, no saben tener pudor, provocando hombres adultos..._ y así sigue una larga tanda de calumnias y agresiones verbales, a medida que tiraba los escritos en una cubeta de metal en la que ha echado gas para prenderle fuego.

_Tía, no por favor, no lo haga, son míos y son muy viejos, nada tienen que ver con él _ le grita refiriéndose a Bruno.

Trata de impedir que los quemara, pero Loreta la aparta de un empujón logrando su propósito y provocando que

Milagros perdiera el equilibrio, cayera y sufriera algunos golpes.

Ha quedado en el suelo mirando la acción de su tía que continúa en su afán de quemar sus escritos, historia de su vida que no podrá recuperar jamás. La impotencia de no poder defenderse, de no poder evitar aquel acto, de tantas falsas acusaciones y de no estar con su verdadera familia causan que un río de lágrimas bañe de inmediato todas sus mejillas. Sigue allí en el suelo mientras Loreta hostiga con su maldad. La abuela, que sabe lo que está pasando, intercede llamándole la atención a su hija:

_ Eso no se hace, no debes maltratar a esa niña, ella no ha hecho nada y tú no debes ponerles las manos a sus cosas.

Pero ya es muy tarde, el mal está ejecutado.

_ ¿Cómo estás? _ pregunta la abuela mientras se acercaba a ella, quien no tiene deseos de incorporarse de aquel piso frío en el que quedó su cuerpo tendido.

_ ¡Estoy bien, abuela! _ le responde entre sollozos.

_ ¿Te puedes parar?

_ Sí _ afirma ella haciéndolo en el acto. Ya de pie mira la cubeta de cuyo seno sale todo el humo que contiene el tesoro de sus escritos que se pierde entre las paredes buscando la salida para integrarse a la atmosfera, como para darle a conocer al mundo su hoja de vida y sus poemas.

Casi a punto del desmayo se incorpora y se dirige a su habitación, tirándose en la cama y continuando con su llanto, sin poder explicar a Mariana lo sucedido. Una hora más tarde la tía la llama para que se ponga a preparar la cena, la abuela va a su cuarto y le dice:

_ Sé que estás mal, no te preocupes, llamaré al colmado, pediré panes y solo harás un chocolate.

Ella se levanta y se dispone a preparar el chocolate, luego se retira otra vez a su habitación, allí sigue su llanto hasta encontrarse con Morfeo.

Milagros se levanta a media noche con todo el deseo de venganza, se dirige a la cocina, busca un cuchillo y va al cuarto de la tía que duerme profundamente:

_ Así te quería encontrar, abusadora _ dice mientras le infiere estocadas con el cuchillo a la tía que despierta y pide desesperadamente clemencia, la sangre baña toda la cama, la abuela acelera su silla para tratar de detener aquella tragedia, pero en eso cantan los gallos anunciando la llegada de los primeros rayos del sol y Milagros despierta sintiéndose salvada. Era una pesadilla, bebe un poco de agua para calmar su corazón acelerado por el susto. Así se inicia otro nuevo día para ella.

Se levanta, realiza toda su rutina y se prepara para ir al colegio. Sale, como siempre Tony le espera en la esquina, la ve más triste que nunca y la cuestiona, ella le explica lo pasado y él se incomoda y le aconseja:

_ Debes decirles a tus padres lo que está pasando, no puedes seguir así.

_ No, ellos no podrán hacer nada tampoco, sé lo que te digo, es mejor así.

_ Lo lamento mucho, si hay algo que pueda hacer no dudes en decírmelo.

_ Lo haré _ le asegura ella tomándole la mano.

Tony piensa "lo logré", al sentir su mano atrapada por ella, un destello eléctrico parte de inmediato desde los dedos hasta su corazón, haciéndolo palpitar a velocidades nunca alcanzadas, los nervios se apoderan de Tony y ella le pregunta:

_ ¿Qué te pasa?

_ Es la emoción de que me aceptarás por fin.

_ No te he aceptado, solo agradezco tu apoyo _ aclara ella y le sueta la mano.

Él siente que le echan una cubeta de agua fría, pero a pesar de ello no pierde las esperanzas de que algún día lo alcanzará.

 Pasan solo algunas semanas, un día Milagros sale en toalla del baño para su habitación cuando es sorprendida por Bruno que la atrapa y entre forcejeos logra tirarla a la cama, ella llorando le pide que por favor no lo haga, pero él no puede aguantar sus ansias de tenerla.

_ Detente, detente _ grita mientras trata de zafarse de aquellos brazos que la detienen.

 Entre besos a la fuerza y el forcejeo ella se golpea contra la pared.

_ Por favor, déjame, me estás haciendo daño._

_ Tranquila, amor, no pasa nada, si te tranquilizas verás lo bueno que es y lo disfrutaremos.

_ No, déjame._

Pero su oposición no es más fuerte que los deseos de Bruno de poseer aquel bello y joven cuerpo vestido de inocencia. Ella agotada por toda la fuerza realizada para tratar de impedirlo y por el golpe que sufrió en la cabeza, pierde la batalla, cae en la cama donde él sacia sus ansias y evacua todos sus deseos en ella. Satisfecho por haber logrado su objetivo, se levanta y le dice:

_ Ves que no es nada malo, a que te gustó, ¿verdad?_

Luego pasa al baño y se asea un poco.

Desnuda de cuerpo y de sentimientos se queda inmóvil, como si estuviera petrificada, calor y frío invaden todo su cuerpo, siente que el mundo le cae encima de un solo golpe. No dice nada, solo observa el techo de la habitación y periféricamente la silueta del villano que le ha tomado la flor de su niñez de una manera feroz y sin permiso. Esta vez no salen lágrimas, pues ya no le quedan. Escucha las palabras pronunciadas por Bruno como en otra dimensión.

Bruno entró a la casa porque Loreta le dio una llave para que llevara un regalo de madre que le obsequiarían a Elena, él aprovechó esta oportunidad para lograr su hazaña. Lo hizo en el momento preciso en que Milagros salía del baño, para que todo le resultara más fácil. Ya había puesto el microondas en la mesa, que era el regalo y procedió a realizar su acto.

_ Regreso más tarde _ dice él al momento de salir del cuarto.

Deja sobre la mesa del comedor el dinero que siempre le da, pero esta vez triplicada la cantidad como para callar el trágico acto llevado a cabo.

Ella se queda acostada y empapada de fluidos diferentes, sintiéndose desgraciada varias veces sin dejar de mirar el blanco techo por donde pasan sus pensamientos y cuyo color adornaba su vida hasta hacía apenas unos minutos, antes de aquel fatídico episodio. Una hora más tarde se levanta y se mete a la ducha, se da un baño queriendo desprender de ella todo aquel mal que este hombre desvergonzado le había hecho y de deshacer el perfume que aún quedaba impregnado en su cuerpo. Lava las sabanas, pues a pesar de ser las pruebas, lo que puede es sufrir nuevas consecuencias si revela lo sucedido, razón por la que decide callar. Entra en una encrucijada, pues no tiene deseos de tomar el dinero, ya que la haría sentir como una prostituta, pero también piensa que el dinero no es por eso. En lo que se decide lo guarda para que la tía y la abuela no se den cuenta cuando lleguen.

_ Mariana, ¿viste lo que me hizo ese hijo de puta?, pero este será nuestro secreto porque no quiero más problemas con mi tía.

Dos horas luego de ella bañarse siente la llegada de la tía y la abuela.

_ ¿Algo de nuevo? ¿No me han llamado? _ pregunta la tía.

_ No _ responde Milagros.

_ ¿Qué es esto? _ pregunta la abuela.

_ Es tu regalo de madre que te hacemos Bruno y yo, iba a ser una sorpresa para mañana, pero no sé por qué lo dejó en la mesa _ responde Loreta un poco extrañada.

_ ¿Te gusta? _ le pregunta a su madre.

La madre se queda mirándola y le comenta:

_ No te parece que es un regalo para Milagros que es quién cocina aquí, eso no es para mí y a continuación rueda la silla de ruedas hasta su habitación._

Era una realidad, aquel regalo era solo para facilitar que los deseos gustativos de Bruno Milagros se los satisficiera más rápido, pero no para Elena, quien vivía postrada a una silla de ruedas.

Unos veinte minutos después entra Bruno y saluda como si nada hubiera pasado. Milagros está en su cuarto, su voz le recuerda de inmediato todo aquel episodio que marcó su vida para siempre. Loreta va su encuentro y lo saluda:

_ Hola._

Luego de darle un beso a Bruno le pregunta a este:

_ ¿Por qué dejaste el regalo en la mesa?_

_ Es que tuve que salir rápido._

_ Mamá ya lo vio y no le gustó, dice que eso no es para ella._

_ Te lo dije, ella tiene razón._

Mientras conversan Bruno trata de ver a Milagros y de saber si reveló algo, pero ella no sale de su habitación. Piensa que al Loreta no decirle nada todo ha quedado en secreto. Milagros por su parte está sufriendo su desgracia, tejiendo mil pensamientos, sobre todo en la forma en que debe tratar a Bruno a partir de ahora.

_ ¡Milagros! _ bocea la tía mientras se dirige a la habitación. abre la puerta.

 Abre la puerta y ve a Milagros acostada y abrazada de Mariana que como siempre calla, solo contempla, pero sabe todos sus secretos.

_ Y a ti, ¿qué te pasa?_

_ Me duele la cabeza._

_ Tómate un calmante y ven a hacer la cena que Bruno ya está aquí._

Esas palabras le caen como un rayo, pero sabe que más temprano que tarde tendrá que aceptarlo, se arma de valor y se prepara para ir a cumplir con una de las obligaciones de su esclavitud.

_ Apúrate y que te quede bien, mañana es el Día de las Madres y hay que esmerarse por tu abuela_ le ordena la tía.

_ Sale de la habitación y se dirige a la cocina.

_ Hola, Milagros _ le saluda Bruno.

Para sorpresa de este ella le respondió el saludo con entusiasmo:

_ Hola, ¿cómo estás?_

Él se asombra, se le va el susto, piensa que a ella le gustó y entonces ahora se la dará de importante, del gran macho. "Ya es mía", piensa, pero también piensa "cuidado si es que me va a envenenar. No, ella no da para eso" y en realidad no sabe que será, pero sigue jugando el papel de chulo.

Llega la hora de la cena, todos sentados en la mesa, plátanos y guineos con una arencada con huevos y cebolla.

_ Especial para ti por ser mañana el Día de las Madres_ le manifiesta Loreta a Elena._

_ Gracias, aunque no pegas una, pues sabes que no como arenque _ le reprocha Elena.

_ Por eso le freí estos huevos y este pedazo de queso, abuela _ intervino Milagros a la vez que le pasa el plato.

_ ¿Qué sería yo sin ti? _ manifesta la abuela mirándola a los ojos.

Bruno piensa ahora que es dueño de dos mujeres en una misma casa. "¡Qué león soy!". Termina la cena, los marinovios pasan a la sala, Elena va a su cuarto a ver las novelas y Milagros a fregar y a organizar la cocina. Él trata de encontrarse con la mirada de ella cada vez que pasa del comedor a la cocina, pero esta lo evade constantemente, lo que le va produciendo ansiedad. Al terminar en la cocina se retira a su cuarto, allí habla con Mariana y le cuenta la forma en que piensa vengarse de aquel hombre que le despojó lo más sagrado de su vida.

Solo ha transcurrido una semana, Bruno saca copia de la llave que ahora será su pase directo a su víctima, espera que como siempre los sábados Loreta lleve a Elena al salón, la hora precisa para entrar en la casa. Está hambriento de aquel cuerpo que posee toda la hermosura y líneas que su marinovia no puede ofrecerle por los estragos causados por las inclemencias del tiempo. Las 10:15 de la mañana, salen rumbo a su destino, donde tratarán de arreglarse un poco. Él espera que se alejen y entonces penetra a la casa, ella se encuentra fregando los utensilios usados en el desayuno y de repente siente unas manos que se deslizan por su cuerpo, se espanta y grita:

_ Pero ¿qué es esto?, ¡otra vez tú!, ¿no piensas dejarme tranquila?.

_ Sé que te gustó, no te pongas así, mi amor_ le dice mientras forcejean otra vez.   Él trata de besarla en la boca, pero ella lucha por evitarlo y todo aquello se convierte en una feroz batalla. Ella lo muerde fuertemente en la boca cortándole el labio inferior casi completo, pero él le da un golpe con el que logra neutralizarla, aprovechándose nuevamente de su cuerpo y penetrándola en la misma cocina de pie. Al terminar, él se arregla los pantaloncillos y se sube los pantalones, le dice:

_ Las cosas pueden ser mucho mejor, puedes hacerlo más fácil y disfrutarlo._

Se coloca un pañuelo en el labio para tratar de parar el sangrado. Luego siente que el mundo se le va de las manos, cae en el piso en posición casi fetal haciendo dos charcos de sangre, uno frente a la cara por el sangrado del labio y el otro por el sangrado de la cabeza producto del golpe que sin mediar palabras le propinó Milagros con un tubo que él mismo le había dejado hacía tiempo a Loreta para que se defendiera de los ladrones si entraban a la casa. Ella queda inmóvil, satisfecha por su venganza. "No jode más", pensaba, pero al mismo tiempo no sabía qué hacer, le toca el pecho con su mano y el corazón de Bruno está más parado que el de una momia.

_ ¡Lo maté, soy una asesina ahora! Dios, perdóname, él se lo buscó._

 Trata de pensar qué hacer.

_ ¿Tú no piensas ir al colegio hoy?, ya son las siete _ se escucha la voz salvadora de la abuela que la despierta de aquella horrenda pesadilla.

_ Sí, contesta Milagros.

 Se levanta rápidamente de la cama y se baña. Prepara para la abuela un desayuno sencillo por lo tarde y luego sale disparada para el colegio. Siente un tremendo alivio, puesto que aquella pesadilla la puso entre la espada y la pared, pero sirvió para advertirle que ese no era el camino correcto si lo había pensado. Como siempre Tony la espera, ella piensa "si supieras lo que me ha pasado, que ya a la fuerza me he convertido en una mujer".

_ ¿Cómo estás, mi reina? Siempre con esos ojos tristes, ¿qué te pasa?

_ Es solo el cansancio _ contesta ella mientras caminan.

Milagros en el trayecto piensa varias veces en revelarle lo ocurrido, pero se arrepiente, llegan a la escuela sin ella expresar ninguna palabra sobre esto. En clase no se concentra, solo escapa con su mirada a través de una de la puerta del salón y se involucra entre las nubes con diferentes pensamientos sobre lo que le pasó, qué hacer y no llega a una conclusión. Entre sus pensamientos también da una mirada a su vida, su cuerpo ha ido cambiando, no ha tenido prácticamente ninguna orientación sobre esos importantes acontecimientos, solo lo que su amiga Maciel ha podido decirle, como fue la llegada de su primer periodo, su desarrollo, pero todo de manera muy juvenil. Su progenitora no ha estado tan lejos para poder orientarla en ese sentido, pero su experiencia de madre y los tabúes de la época se lo impiden.

_ ¡Milagros! _ llama la maestra.

_ ¡Milagros! _ repite esta vez con tono más alto, por lo que ella se espanta y bajando de las nubes responde asustada y con vergüenza ante las risas burlonas de algunas compañeras:

_ Sí, maestra.

_ Puedes decirme quién fue Ercilia Pepín.

_ Ambrosia Ercilia Pepín Estrella nació el 7 de diciembre, se autoeducó por ser huérfana y por su dedicación a los 14 años fue nombrada directora de la Escuela de Nibaje.

De esa manera relata la vida completa de la educadora, resalta sus aportes para la libertad de Nicaragua y Haití y su lucha contra el gobierno establecido por las tropas norteamericanas en la República Dominicana. A medida que expresaba la completa y detallada biografía de tan ilustre maestra, se iba emocionando y termina con tono de voz alto, lo que provoca el aplauso de todos sus compañeros que se ponen de pie en ovación y con la felicitación de la profesora que le expresa:

_ Es increíble, Milagros, que usted que parecía haber sacado residencia en las nubes, haya desarrollado una extraordinaria biografía de tan importante educadora, la felicito.

_ Gracias _ responde ella calmándose un poco.

Al finalizar la clase la profesora le solicita:

_ Milagros, quiero hablar contigo, dame unos minutos.

Guarda su borrador y la tiza en su pequeño estuche. Se quedan solas en el curso y la profesora le comenta:

_ Mira, niña, has estado esplendorosa en tu exposición, se ve que la estudiaste muy bien.

_ Profe, es que me gusta mucho la literatura y escribir, es por lo que siempre me aprendo a los escritores.

_ Está muy bien eso y te animo a seguir así, pero la forma en que te expresaste, además de emoción por la extraordinaria mujer que fue Ercilia, tú sacaste una rabia que guardas muy dentro y que si deseas puedes confiarme lo que pasa, que yo te prometo ayudarte.

_ Gracias, profe, pero es el trabajo en la casa.

_ Esos ojitos hoy están más tristes que nunca, pero si no deseas hablar, está bien, pero ten presente que siempre estaré lista a escucharte y ayudarte en lo que pueda.

_ Gracias, profe, se lo agradezco _ dice ella para luego retirarse.

Al salir le espera Tony, estaba en la entrada del colegio, intrigado, pensando en qué había pasado.

_ Mi vida, ¿qué pasó?, ¿qué te dijeron?

_ Nada, era la profe que deseaba hablar conmigo solamente.

Me tenías muy preocupado _ dice él tomándole la mano mientras caminan hacia la avenida.

Ella siente cierto apoyo y regresa a otra vez a su incertidumbre de si le cuenta o no llegando a la casa, pero no revela lo sucedido a su amigo.

Las 3:00 de la tarde, Milagros se encuentra en la casa y ha terminado de fregar por el momento, a cada momento encuentra algo nuevo en el fregadero que se le va juntando, lo que se ha hecho costumbre, pero ella lo deja para lavarlo con los de la cena. Se retira a su cuarto y habla con Mariana:

_ Sabes, ya sé lo que haré, llamaré a Rolando, él sí que me puede escuchar y guardar mi secreto.

Mariana se queda como siempre, inmóvil y con su mirada fija, constantemente comprensiva. Milagros llama a Rolando:

_ Hola._

_Hola, Milagros, ¡qué alegría oírte! _

_ Hola, tía, para mí también lo es. ¿Cómo están?_

_ Todo bien gracias a Dios, ¿y tú?_

_ Bien igualmente._

_ ¿Cuándo vienes?, hace días que no nos visitas._

_ Pienso ir mañana._

_ ¡Qué bueno!_

_ Y Rolando, ¿está?_

_ Sí, déjame llamarlo, te espero mañana.-

Está bien.

Al momento Rolando contesta el teléfono:

_ Sí._

_ Hola, primo, ¿cómo estás?_

_ ¡Oh, prima, bien! ¿Y tú?_

_ Bien, mira_.

_ No puedo mirar por el teléfono._

Pues oye, ¿podemos juntarnos mañana a las tres?

_ A las cuatro podría mejor, pero si es urgente._

_ No, está bien a las cuatro_.

_ Pues nos vemos en el parque a las cuatro._

_ Pases buenas_.

_ Tú también.-

Se encierra de nuevo en su cuarto a estudiar y a escribir hasta que escucha la voz de la tía que la llama para que prepare la cena, pues la hora se le ha pasado por estar concentrada en sus tareas. La noche pasa normal entre fregadera y limpieza, la abuela y la tía en sus novelas hasta que llega la hora de acostarse para cada cual encontrarse con los sueños que llegan sin invitación y se establecen en toda la noche, para mal o para bien.

Mi cuerpo poblado de deseos ajenos

Manchado de una mezcla de fluidos,

Un fuerte rechazo que me invade como veneno

Y una maldita voz que retumba en mis oídos.

Ásperos movimientos que desgarran mi vientre,

Y desarropan mi cuerpo de su inocencia vigente,

Cambiándola de blanco a rojo candente

Que llena de rabia y rencor a este humilde ser viviente.

_ ¿Cuándo escribiste esto Milagros?_

_ Ayer _ responde ella._

Él mirándole a sus ojos le dice:

_ Dime que no te pasó a ti_.

_ Sí, querido primo._

Él la abraza y ella cae en sus hombros envuelta en llanto.

_ ¿Quién ha sido el desgraciado?_

_ Eso no es importante, pero es un secreto entre nosotros, por eso te lo cuento._

_ Quisiera matarlo._

_ Lo sé, yo también lo he deseado desde que pasó, pero no se gana nada con eso.

_ Tenía que decírselo a alguien, tú eres el único que conoce mis secretos _ expresa ella.

_Quiero que me hagas un favor _ pide Milagros entre sollozos.

_ Sabes que solo tienes que pedírmelo._

_ Es sencillo, solo deseo que desde hoy me guardes los escritos que haga, para que mi tía no pueda destruirlos._

_ Será un honor más que un placer, ¿pero acaso rompió tus escritos?_

_ Peor que eso, los quemó uno por uno y frente a mí._

_ ¿Pero por qué lo hizo?_

_ No lo sé, ella de un tiempo para acá se ha convertido en una amargada _ responde ella para que Rolando no se diera cuenta de que fue Bruno el culpable de todo.

_ ¡Qué abusadora!, deberías regresar con nosotros que te queremos mucho_.

_ No es posible, mi abuela me necesita más que nunca._

_ Lo sé, es que me da rabia que estés pasando por todo esto_.

Un momento después de algunas respiraciones profundas en el hombro izquierdo de Rolando, ella le pide:

_ Bueno, vamos a la casa que allá me esperan, ya pude desahogarme contigo, gracias y como de rutina todo queda entre nosotros._

_ Sabes que no tienes nada que agradecerme y recordarme, son nuestros secretos.

Se van caminando por el hermoso túnel natural tejido por las matas de flamboyán que adornaban el parque.

Momentos más tarde:

_ Hola, miren a quién me encontré camino acá _ dice Rolando al entrar a la casa para que pensaran que fue coincidencia.

_ ¡Mi amor! _ exclama su tía Josefina, corre hacia ella para abrasarla.

_ Hola, tía, no sabe el gusto que me da verla._

En ese momento llega Freddy, su otro primo, también la abraza.

Querida prima, ¿por qué te pierdes tanto?

_ Ya sabes primo, todo lo que tengo que hacer y el colegio, pero lo importante es que siempre están conmigo, en mi corazón_.

_ Y tú en los nuestros, pero siéntate y cuéntame cómo te va _ le solicita la tía.

Se sientan en la sala y conversan mucho, le solicitan que se quedara a cenar y así pudiera ver a su tío Freddy cuando llegue del trabajo, ella accede y solo una hora después llega él, que al verla se llena de alegría y la saluda con un fuerte abrazo y un beso en la mejilla.

_ Hola, princesa, ¡qué placer de verte!

_ El placer es mío_ dice ella.

Pero siéntate, dime cómo te va, ¿qué tal la escuela?

_ Bien, tratando de vivir y saliendo adelante._

_ Bueno, de más está decirte que estamos todos dispuestos a ayudarte en lo que necesites, nunca lo dudes._

_ Lo sé, tío, se lo agradezco._

_ Y tus padres, ¿cómo están?_

_ Bien, los veo casi todos los fines de semana._

_ Qué bien._

_ Bueno, ahora me ayudarás a hacer la cena _ le solicita la tía para hablar con ella entre mujeres.

 La toma de la mano, dejan los tres hombres en la sala, los que luego se retiran a diferentes lugares de la casa.

_ Cuéntame, ¿qué te pasa?, tienes una mirada muy triste, se nota por más que trates de disimularlo.

_ No, tía, no me pasa nada, es solo el cansancio, sabes que tengo que hacer muchas cosas y a veces pasar malas noches, es por eso._

 _ No me convences, pero si no me lo quieres decir está bien._

_ Es así tía, tranquila_.

_ ¿Y qué de noviecito?_

_ Nada tía, no tengo tiempo para eso._

Siguen hablando en lo que preparaban la cena, tiempo que Josefina aprovecha para darle algunos consejos y reiterarle su apoyo, mientras Milagros piensa "si se imaginara en el infierno que estoy viviendo". Llega la hora de la cena, unos ricos espaguetis en salsa blanca, ruedas de pan con ajo. A ellos les encantaba. Después de la cena se sientan nueva vez en la sala y entre hablar y algunas anécdotas se le hace tarde.

_ ¡Tengo que irme, son las nueve! _ dice ella._

_ Te llevo _ le propone su tío._

_ No, tío, no se moleste._

No es molestia, es un placer.

_ Lo sé, pero no se preocupe, yo cojo un carrito en la Bolívar y llego derecho._

_ Bueno, pero toma esto y no me digas que no _ le ruega el tío al tiempo que extiende hacia ella la mano con un dinero enrollado que ella agradece y toma para no hacerlo sentir mal._

Ella Sale de la casa de su tío rumbo a la de su abuela, se para en la avenida mencionada, pasan varios carros públicos que no llevaban su ruta, luego logra el que la encaminará a su destino. Se monta y saluda, el chofer y los pasajeros le responden y el carro inicia de nuevo su recorrido entre paradas y arranques, en subidas y bajadas de pasajeros y en solo veinticinco minutos llega a su destino. Se baja y da las gracias, ya son algo más de las 9:30 de la noche, camina y arriba a la casa, entra y en la sala están sentadas su abuela y la tía:

_ ¿Tú crees que estas son horas de llegar? _ cuestiona la tía con un tono cargado de rabia.

_ Discúlpenme, se me pasó el tiempo, estaba donde tía Josefina _ explica.

_ Eso es lo que dices, ¿quién sabe con quién andabas por ahí?_

_ Llama si quieres, confírmalo_.

_ No tengo que llamar a nadie, ¿te parece que yo tenga que hacer la cena porque tú estar andando?_

_ Pero es la primera vez que me pasa, además usted también puede hacerla._

Esa respuesta fue suficiente para que la tía le lanzara un envase plástico que tenía en las manos con unas frutas y que al Milagros agacharse fue a adornar toda la anatomía de la abuela que estaba detrás de ella.

_ ¡Loreta, estás loca!, no te voy a permitir que la trates así, ella es tu sobrina, no una esclava, mira lo que has hecho, por suerte son frutas_.

Milagros se apura para limpiar a su abuela y le da las gracias por defenderla. Termina su día después de limpiar a su abuela y acostarla, va a su habitación y se tranca.

_ Hola, ¿a ti cómo te fue? _ le pregunta a Mariana.

_ A mí me fue bien, por un lado, pero no terminó de la misma manera _ le dice mientras se prepara para acostarse.

Mariana solo la mira con mucha atención, como si comprendiera lo que ella dice.

 Domingo y Día de las Madres, Milagros se despierta, se prepara y va a la habitación de su abuela a levantarla y asearla.

_ Buenos días y feliz Día de las Madres, abuela _ le expresa a la vez que le entrega un regalo.

_ Dios te bendiga y gracias por ser tan atenta, pero no tenías que ponerte a eso _ dice la abuela tomando el regalo.

_ Ábrelo a ver qué te parece.

_ ¡Qué hermosos son!_

_ Son unos aretes._

_ Me alegro que te gusten._

_ Gracias de nuevo, serán siempre para mí uno de los mejores regalos que he recibido._

_ Pero abuela, no es para tanto_.

_ Su valor no está en el costo, realmente está en el deseo de agradarme, es lo que valoro, te quiero mucho, déjame darte un beso._

Milagros se agacha para recibirlo y le da otro a cambio.

_ Sé que Loreta últimamente no te trata muy bien, pero ella no es mala, es solo que está un poco frustrada porque pensaba que al yo tenerte en la casa Bruno se casaría con ella y formalizarían un hogar, pero no ha sido así._

_ Lo sé abuela, no se preocupe, yo la entiendo y trato de sobrellevarla._

_ Ese Bruno nunca me ha gustado, pero me he acostumbrado por ella _ comenta la abuela como resignada.

_ Hoy saldré temprano para donde mamá _ le informa a su abuela mientras prepara el desayuno.

_ ¡Qué bien!, eso es importante, es lo más preciado que se tiene en la vida._

Una exquisita tortilla española, queso, jamón y un sabroso pan confeccionado por una amiga de Loreta llamada Soraya acompañados de jugo de naranja, pone la mesa y llama a su tía a la vez que conduce a su abuela a la pequeña mesa que se encuentra en la cocina. Tres platos y al lado los cubiertos. Se sientan, Loreta trata sin éxito de alegrar a su madre en ese día tan especial, pero esta sigue desilusionada pensando en que ese regalo es solo para que Milagros pueda cocinar o calentar más rápido algunas comidas. A pesar de la rabia que siente por la actuación de Bruno y su tía, y la desafortunada situación que ha vivido por su culpa, Milagros disimula muy bien para no amargar a su abuela.

_ Buenos días, mamá, muchas felicidades en este día _ manifiesta Loreta al llegar.

_ Gracias _ contesta la madre sin ningún sabor.

Un simple hola basta para saludar a Milagros que contesta de la misma manera, como si "hola" fuera una clave o contraseña. Se sentaron a la mesa, Milagros le sirve el desayuno a su abuela:

_ ¿Está bien así?_

_ Sácame un poco, recuerda que debo mantener la línea _ dice la abuela.

_ ¿A qué hora te vas? _ pregunta la abuela.

_ Después del desayuno _ responde Milagros.

_ ¿Para dónde vas? _ pregunta Loreta.

_ A mi casa, yo también tengo mamá._

_ Ah, pero yo pensaba que hoy prepararías algo especial, sabes que Bruno viene a comer_.

_ Tía, usted cocina muy bien y sabrá atenderlo, además es el Día de las Madres, no del novio, yo ya cumplí con mi abuela, ahora tengo que hacerlo con mi madre _ proclamó, agregando en su pensamiento "hazte cargo de ese desgraciado".

_ Y muy bien, gracias Milagros, me haces muy feliz, todo estuvo muy bueno y me gusta mucho tu regalo _ expresa la abuela para hacer sentir mal a Loreta.

_ Siempre, abuela _ contesta dándole un beso.

Retira todos los enseres utilizados para ese gran desayuno y se dirige a la cocina para lavarlos y limpiar antes de terminar de arreglarse para irse.

Está en su habitación dándose los últimos toques para salir.

_ ¿Oíste Mariana cómo le hablé? Sí, se lo merecía, y eso no es nada todavía, a partir de hoy me declaro en rebeldía contra ella._

Mariana siempre con su mirada atenta a todo lo que le cuenta Milagros, sus grandes ojos al parecer reflejan su impresión. Treinta y cinco minutos más tarde sale de la casa y se dirige a la de sus padres, en todo el trayecto va tratando no solo de resignarse al dolor que aquel miserable le ha provocado, sino en cómo proceder para evitar que ocurra de nuevo. Entre su caminar y su pensamiento hace inspección a los rostros de las personas que le pasan cerca, piensa que como ella cada uno tiene su historia personal, que cada cual tiene su secreto y que los secretos son parte esencial de sus vidas. Sigue caminando, llega a la avenida Independencia y luego de unos minutos logra montarse en un minibús que va por la ruta cerca de la casa de sus padres.

 "Duarte, Duarte", "Duarte subiendo", "dame los chelitos", "sigue chofer" son algunas de las expresiones del asistente o pícher. Ella sigue en su análisis de las personas, esta vez de las que le acompañan en aquel destartalado minibús, si así se le puede llamar a aquel artefacto que parece volar entre la necesidad y la imprudencia, dando un servicio, pero poniendo en peligro las vidas de los pasajeros, de los transeúntes y del chofer y pícher, y como si todo fuera poco teniendo que estar atenta, pues si no pide la parada a tiempo corre el riesgo de quedarse lejos de su destino final.

_ Hola, mami, ¡felicidades! _ saluda Milagros e inmediatamente le da un abrazo, un beso y una pequeña caja que contiene unos aretes hermosos.

_ Gracias, hija, me haces muy feliz, pero no debiste ponerte a gastar en mí, sabes que tu amor es el mejor regalo._

_ Lo sé, pero eso no es nada._

_ Hola, tú _ saluda a su hermano y le da un abrazo.

_ ¿Cómo estás, manita?_

_ Bien, ¿y tú?_

_ Bien, estás más bella._

_ Ah, es que me pinté un poco._

_ Te queda muy bien _ manifesta su madre, la lleva para su habitación, como para una sección privada.

_ Cuéntame, ¿cómo estás?_

_ Bien._

_ Te veo muy bonita, pero como siempre tienes tus hermosos ojos tristes, cuéntame hija, ¿qué te pasa?

Ella la mira a los ojos, pero bajo ningún concepto le dice a su madre la verdad de lo que le sucede, pues eso no mejoraría nada y sí puede empeorar las cosas y mortificarla.
_ Nada mami, es que estoy un poco cansada, sabes que he estado en exámenes y la casa, pero estoy bien. ¿Y ustedes?_

_ Bien, como siempre sobreviviendo, a tu padre le aumentaron cincuenta pesos y por ello estamos un poco más desahogados._

_ ¡Qué bueno!_

Conversando se la pasan hasta el mediodía en lo que preparan el almuerzo. A las 12:10 llega Felipe a comer._

_ Hola, papi _ le recibe Milagros dándole un beso y un abrazo.

_ Dios te bendiga _ responde con su voz grave y seca.

Este sigue caminando en lo que se quita la camisa y se toma un poco de agua fresca del filtro en un jarrito de metal medio abollado en el que el agua le sabe a gloria.

Arroz, habichuelas blancas, carne guisada, ensalada de tomates, lechugas y remolachas y como si todo fuera poco un pastelón de papas relleno de carne y queso, es el manjar que presenta la mesa ante la vista hambrienta del padre.

_ ¡Todo está muy bueno!, ¡esto es un manjar! _ expresa él._

_ Me agrada que te guste_.

_ Andrés, trae el postre que compré_.

Andrés se levanta, se dirige al refrigerador y trae un brazo gitano.

_ Para endulzar la familia _ manifiesta el padre sorprendiendo a todos.

_ Gracias _ dice la madre.

_ Y tú, ¿cómo estás?_

_ Bien _ responde Milagros.

_ Mamá y Loreta, ¿están bien?

_ Sí, abuela más alentada y resignada y Loreta como siempre en lo mismo.

_ Mira, Milagros, la licuadora que me regaló hoy tu padre._

_ ¡Qué bueno! _ responde.

Pensó lo mismo que su abuela, "pero este regalo para que le hagan el jugo a él, la misma vaina, a las madres le regalan cosas para el hogar, no para que ellas lo disfruten".

Llega la hora de despedirse y le da besos y abrazos.

_ Nos vemos el próximo fin de semana._

Sale a la calle de nuevo a su recorrido, pero esta vez se dirige a Gazcue, a casa de sus tíos_.

_ Hola, tía._

_ Hola bella, ¿cómo estás?, ¡qué hermosa luce hoy! _ así la recibe Josefina al abrir la puerta.

_ Gracias tía, esto es para ti _ le responde al tiempo que le pasa una cajita.

_ ¡Pero hija, no te hubieras molestado! _ expresa al abrir el regalo.

_ ¡Qué hermosos son!, me pegan con el vestido que me pondré esta noche para la cena a la que me invitó Freddy, así que me completaste, gracias de nuevo._

_ Y dime, ¿qué hay de nuevo?_

_ Bien, llevando la vida._

_Hola, prima, te saludo y me voy _ expresa Freddyn y le da un beso en la mejilla.

_ ¿Para dónde vas tan aprisa?_

_ A una reunión en el colegio, te veo luego _ responde y sale rápido de la casa.

_ ¿No será alguna novia? _ pregunta Milagros.

_ No sabemos _ responde Josefina.

_ Y hablando de eso, qué es de ti, ¿ya tienes a alguien?_

_ No, tía, con qué tiempo_.

_ Bueno, tú puedes tener tus amorcitos, pero ten cuidado, no se lo sueltes a ninguno._

_ Ay tía, usted sí es, nada de eso _ manifiesta ella con un poco de vergüenza y a la vez pensando "si ella supiera".

 Luego de una hora hablando, tiempo en que infructuosamente su tía trató de sacarle si tenía novio, se dispone a marcharse:

_ Es tiempo de retirarme para que usted pueda prepararse para su cena y yo aprovechar a ver si compro algo en la tienda._

_ Bien, pero ven más seguido._

_ Trataré, recuerdos a tío. _

_ Se los daré_.

 Sale a la calle pensando en visitar a su amiga Maciel un rato para disipar, pero en su trayectoria a tomar un carro público se encontra con su amiga Alicia, que vive como su tía en Gazcue.

_ ¿Hola, ¿en qué andas por aquí?

_ Visitando a mi tía.

_ ¡Oh, no sabía que tenías familiares en la zona! _ comenta la engreída.

_ Sí, viví con ellos desde pequeña hasta que tuve que ir a cuidar a mi abuela.

_ Yo vivo aquí, pero pasa.

_ Bueno, pero solo un momento.

Una casa hermosa, con gran marquesina y jardín, entra por una gran sala con muebles compuestos por un sofá grande y redondo y dos sillones, en el centro una gran pintura de caballos pasando un río con un impresionante marco de cañuela española, en la pared lateral derecha un gran espejo entre candelabros, piso de mármol blanco y a seguidas el impresionante comedor, con una mesa de madera esculpida a mano y sus ocho sillas se vestían de igual manera, un gran bodegón y en la pared lateral izquierda una vitrina en la misma forma con una vajilla completa que se usa en ocasiones especiales.

_ Pasa por aquí _ le invita y la lleva a su habitación.

_ Esta es mi cueva_.

Una habitación pintada de rosado y con todos los muebles necesarios, la pintura rosada se distingue poco, ya que los afiches de sus ídolos de la música y el cine adornan las paredes.

_ ¿Te gusta?_

_ Sí, es muy hermosa._

_ Aquí veo mis películas porno a veces con mi novio._

_ ¡Qué! _ expresa Milagros sorprendida.

_ Sí, mis padres casi nunca están, yo lo llamo y él viene, la pasamos muy bien.

_ Pero qué arriesgada eres, ¿y lo han hecho?

_ Claro, a qué crees que viene, disfrutamos momentos felices._

_ ¿Pero te proteges?_

_ Claro, Jaime trae sus condones y yo pongo la bebida._

_ ¿También bebes?_

_ Sí, mis padres no lo saben, pero yo solo los imito, en ese bar que está al lado del comedor hay de todo, ellos no se dan cuenta de nada de lo que hace su princesa. Así me llaman._

_ ¡Mi madre!, tú no estás fácil, pero ten cuidado si te envicias o sales preñada._

_ Esto es nuestro secreto, no sé por qué te lo dije, pero guárdalo para ti, por favor._

_ ¿Tú nunca lo has hecho?_

_ No, ni amores tengo._

_ No sabes de lo que te pierdes, pensé que Tony te lo hacía._

_ Todo a su tiempo, solo somos buenos amigos._

_ Si se puede hay que hacerlo, uno no sabe si se muere mañana._

_ Eso es verdad, pero prefiero esperar._

_ ¿Quieres un trago?_

_ No._

_ No te va hacer nada._

_ Si a mi tía le da olor a alcohol, estoy muerta, prefiero una soda._

_ ¿Y si vienen tus padres?_

_ Ellos nunca se dan cuenta de nada, además están de viaje._

_ ¿Y te dejan sola?_

_ No, con mi tía, pero ella me apoya, a veces hacemos pequeñas fiestas, ella y su novio y yo y el mío, nos llevamos muy bien._

_ ¿Y cuántos años tiene?_

_ Solo diecinueve, me lleva tres._

_ ¿Ves por lo que nos llevamos bien?_

_ Sí, ya veo._

_ Me voy, tengo que regresar a casa de mi abuela _ le dice a su amiga.

_ Está bien, recuerda es nuestro secreto _ le insiste la amiga y la acompaña a la puerta.

_ Claro, te lo prometo._

Milagros sale de allí pensando mil cosas, sobre todo, lo que su amiga le dijo sobre el sexo, ya que para ella era una tragedia. Considera que la también compañera de estudios se puede perder fácil, pues toda esa libertad que con apoyo de su tía tiene le va a perjudicar a la larga. A la vez se pregunta si en realidad el sexo hecho con deseo se disfruta, pero por el momento no quiere saber nada de eso. Espera en la avenida un carro público para ir a su casa, en eso pasa una voladora, nombre asignado a los minibuses o microbuses por la velocidad a la que corren y el pícher o cobrador que viene boceando, kilómetros, refiriéndose a que va por toda la prolongación Independencia o carretera Sánchez. Ella al ver que en el minibús hay suficiente espacio vacío decide montarse. Sube y se sienta en el último asiento, desde ese lugar puede observar todos los clientes que son sus compañeros de viaje. Una señora con un saco dentro de una caja, dos jóvenes con libros, un señor con una caja de herramientas. Milagros inicia su análisis de quiénes pueden ser y qué situaciones les embargan o la felicidad que les cubre. Estas interrogantes que se van creando a medida que ve los rostros de las personas, le causa curiosidad sobre lo que ella se imagina le pasa a cada uno de ellos, los mira detalladamente para escribir sobre estos. A partir de ese momento esa será una de sus metas para escribir historias, que llevará a Rolando su primo para que se las guarde. Esa manera de mirar a las personas se convertirá en un entretenimiento muy eficaz que disipará aquella tragedia que se llevó su virginidad brutalmente. Su entusiasmo crece a medida que observa a las personas que incluso conoce y ahora las mira de otra manera, buscando los secretos de sus vidas y expresarlos en diferentes escritos que van alimentando su madurez.

Decide que debe comprar una libreta para hacer anotaciones de datos puntuales que adornan las personas que pasan a ser sus personajes y es cuando escucha la voz del pícher que dice:

_ Los del doce llegaron.

En ese momento se entera que se pasó de su parada y sale corriendo del minibús antes de que arranque de nuevo y la deje en Haina. En el kilómetro 12 de la Sánchez ve una serie de negocios, entra a uno que al parecer vende desde una aguja hasta un avión y compra una libreta para cumplir en esta su objetivo. En ese mismo lugar ve tantas caras diferentes, saliendo de él y mirando a su derredor puede observar que estos negocios pueden alimentar su fuente de personajes, por lo que los incluirá en un destino a estudiar.

_ ¡Mi madre!, las 9:30, me gané un lío con mi tía._

Cruza rápidamente la avenida y aborda un carro que la llevará en cuestión de unos minutos hasta el lugar en que debe quedarse para llegar a su casa.

_ Déjame aquí, chofer, por favor._

El chofer se detiene a la derecha casi en medio de la calle, pero cuando ella abre la puerta para salir del carro, se escucha el estruendo al ser impactada la puerta por un motorista, quien sale volando y cae al pavimento unos metros más adelante. Ella se espanta y aunque no sufre de manera directa el impacto de la motocicleta, queda sumamente nerviosa e inmóvil, solo escuchando la voz del chofer que le dice al motorista:

_ ¡Oye, bárbaro, por la derecha no se rebasa!_

El motorista sentado en la acera, quejándose del dolor causado por algunos golpes sufridos y los ardores de las partes donde se le fue la pintura en las extremidades, le responde al chofer:

_ Pero te paraste en el medio y allí mismo abrieron la puerta._

Ellos se enfrascan en una discusión que dura unos minutos, entre las opiniones de los curiosos que se aglomeran en el lugar y el policía que va pasando y se detiene para tratar de poner orden. En la disputa el chofer alega en su defensa_

_Ella abrió la puerta sin mirar paraatrás, _ Pero al mirar atrás para señalarla, de Milagros no quedaba ni la sombra, había salido de la escena para dirigirse a su casa, donde llega blanca como un papel.

_ ¡Mi hija!, ¿qué te pasó? _ pregunta la abuela que está sentada en la galería.

_ Un accidente, abuela._

_ ¿Pero tienes algún golpe?_

_ No, es solo la impresión._

Le cuenta a la abuela lo que sucedió. Esta la calma y le invita a entrar para que se tome un poco de jugo y un calmante para los nervios.

_ ¿Estás segura que no te hiciste nada?_

_ Sí, abuela _ responde tomándose la pastilla que su abuela le buscó.

_ Lo mejor que hiciste fue venir _ dice la abuela.

 Cierra la puerta de la calle temiendo que la anduvieran buscando, pero sin decirle nada para que calmara sus nervios.

_ Date un baño y acuéstate para que descanses.

Tocan la puerta y la abuela le ordena:

_ Quédate ahí, yo voy y acelerando en su silla de ruedas llega a la puerta._

_ ¿Qué desea?_

_ Colmado._

_ Ah, no escuché el motor._

_ Se me dañó y como es cerca vine a pie._

_ Pásamelo por la ventana_.

La respiración regresa a Milagros y va a cumplir con lo que le ordenó su abuela, así término aquel largo día en la vida para ella.

_ Hola, Mariana, ¿cómo pasaste tu día?

_ Bien, un poco cansada de estar encerrada en esta habitación. ¿Cuándo me vas a sacar de paseo? _ le responde.

Milagros se sorprende al escucharla, quedando estupefacta y le pregunta:

_ ¿Pero desde cuándo hablas?

_ Desde siempre, solo que es mejor estar callada para no tener que opinar sobre todas tus tragedias.

_ No es posible, todos estos años me escuchaste y me dejaste hablar sola, ¿qué clase de amiga eres?, no lo puedo creer.

_ Eso debo decirlo yo, que me has tenido secuestrada en las diferentes habitaciones en que hemos vivido, para ti solo soy el zafacón de tus problemas, pero alguna vez te has preguntado, ¿qué necesidades tendrá Mariana, verdad que no?

Milagros sigue sorprendida ante aquel hecho tan inesperado y sorprendente.

_ Pero yo siempre te he tratado muy bien, con mucho cariño y al conversar contigo muchas veces arreglo tus trenzas, sabes que eres mi amiga del alma y mi única confidente.

_ Eso era antes, ahora solo me hablas y cuando no estás de prisa, a que no recuerdas la última vez que arreglaste mis trenzas o me hiciste un vestido.

_ Es verdad, hace mucho, pero ahora que puedes hablar también me contarás lo que piensas, es maravilloso poder oírte, déjame darte un abrazo.

_ Si no tienes ese perfume que huele muy mal.

_ Sí y sentir los malos tratos que me da la bruja de tu tía cuando no estás.

_ ¿Qué te hace, Mariana?

_ Me insulta, me tira en la cama y un día me llegó a ahorcar.

_ ¡Cómo!

_ Sí, el día que le dijiste que su novio se propasó contigo, solo decía "no me lo vas a quitar", y me tiraba en el piso y me recogía de nuevo, pienso que en mí te veía a ti.

_ ¡Por Dios!, lo siento tanto Mariana, pero eso no volverá a pasar, te lo prometo.

_ Eso espero porque ya no estoy joven para esto.

_ Milagros, te cogió el día, levántate, vas a llegar tarde al colegio.

Era la voz de la abuela que la traía de nuevo al mundo real. Despierta asustada y esta vez agradecida de que sea un sueño y que su amiga no está enfadada con ella, pero a partir de ese momento surge una interrogante sobre si realmente Mariana podrá escucharla, a pesar de estar segura que es solo una muñeca, su fiel compañera.

Se levanta corriendo, se baña y cambia, se dirige a preparar el desayuno, pero su abuela ya lo tiene listo al igual que su merienda.

_ Abuela, ¿por qué te pusiste a eso?_

_ Tranquila, eso me ayuda, como no tengo que pararme de la silla no es tan difícil._

_ No, abuela, te puedes echar la leche caliente encima, no repitas eso, por favor._

Friega rápidamente lo poco que la abuela ensució y se dirige al colegio.

Día radiante lleno de sol, Milagros camina a velocidad, pues no cree llegar antes de que cierren la puerta del colegio. Esta vez Tony no está, claro es muy tarde y habrá pensado que no iría por alguna razón. Logra llegar cuando están cantando el himno y queda atrapada en el grupo de rezagados, los que por razones diferentes no han podido llegar a tiempo y están a punto de ser castigados. La profesora encargada de investigar al grupo realiza su tarea y permite la entrada sin problemas a los que bien se justifican, pero castiga a los reincidentes de diferentes maneras, según el caso.

_ ¿A ti qué te pasó, Milagros? _ pregunta la profesora.

_ Profe, me cogió el sueño._

_ Pasa, eres sincera y es la primera vez que llegas tarde._

Milagros pasa al interior del colegio, allí alcanza la fila de sus compañeros que caminan hacia el aula.

_ Milagros, tenemos que conversar _ le dice Alicia, quien se rezagó en la fila para hablarle.

_ En el recreo lo haremos._

_ Está bien._

Entran al aula e inician su día de clases. Milagros como es de costumbre siempre enfoca su mirada por la puerta para inspeccionar las nubes en las que acostumbra a tejer sus sueños y encuentra la paz, hasta que es interrumpida por la llamada de la profesora o de sus compañeros.

_ Alicia, ¿qué te pasa? _ pregunta una amiga que se sienta a su lado, lo que llama la atención de todos, la profesora inmediatamente acude a su lado.

_ ¿Qué te pasa, Alicia? _

_ Ya me siento mejor, a veces me pasa, mi padre me está llevando al médico, pero necesito irme a casa._

_ Llamaré a tu casa para que te vengan a buscar._

_ No sé preocupe profe, estoy mejor y si le da permiso a Milagros, esta me puede acompañar._

_ ¿Puedes acompañarla, Milagros? _ le pregunta la maestra.

Ella responde afirmativamente, pero confundida e intrigada, pensando qué se traerá Alicia, qué habrá inventado.

Minutos más tarde salen ambas con sus mochilas, llevando un papel escrito por la profesora a la secretaria para que las dejaran salir, quien a su vez le comunica al portero. Salen a la avenida Independencia, la cruzan y abordan un vehículo de transporte público en el que iba un pasajero.

_ Buenos días, ¿va derecho, chofer? _ saluda y pregunta Alicia.

_ Sí_.

_ ¿Ya estás mejor?, ¿a dónde vamos? _ le pregunta Milagros.

_ No temas, ya verás, estoy bien._

El pasajero que va delante se queda y Alicia le pregunta al chofer:

_ ¿En cuánto nos lleva a esta dirección?_

_ Cinco pesos._

_ De acuerdo _dijo ella.

Unos quince minutos más tarde llegan frente a una clínica.

_ Vamos, Milagros._

_ ¿Estás mala otra vez?_

_ No, te explico ahora._

_ Sí, necesito saber qué inventas._

 Alicia da las gracias al chofer cuando se disponen desmontarse del carro.

Siempre, suerte a las dos responde el chofer.

_ Mira, Milagros, yo sé que tú eres discreta, por eso he pedido que me acompañes, en realidad deseo que estés conmigo porque me van a hacer un aborto _ le explica Alicia.

_ ¡Qué! _ expresa Milagros sorprendida y aterrorizada, quedándose casi inmóvil en medio de la acera.

_ No te pongas así, no es la primera vez, este es mi segundo aborto.__

El asombro y el horror se apoderan de Milagros.

_ ¿Qué estás diciendo, Alicia?_

_ Tranquilízate, no es para tanto, es tan solo un momento, ya verás. Por favor, mantén la calma._

Milagros sin salir del asombro sigue caminando junto a ella y entran en la mal llamada clínica, donde se atendían las personas pobres del barrio los problemas de salud de poca importancia y algunas ricas que como ella deseaban salir del fruto de su pecado.

_ ¿Cómo es posible que hagas esto y además me involucres?

_ Perdóname, debí decírtelo, pero si lo hago, no hubieras venido._

_ ¿Y quién te acompañó la primera vez?_

_ Fue mi tía, pero me dijo que no lo haría de nuevo._

_ Con razón, ella que es cómplice de tus actos._

_Alicia, ¿estás lista? _ pregunta una enfermera._

_ Sí._

_ Todo saldrá bien, vamos._

_ Espera aquí, regreso en un momento, tranquilízate _ dice Alicia a Milagros al tiempo que se levanta de un banco en el que estaba sentada y sigue a la enfermera.

Milagros inicia un recorrido visual por la sala pintada de color arena de la mitad hacia arriba y de color verde de aceite hacia abajo, tres bancos de hierro pintados a mano, a los que a pesar de las capas de pintura le salían las manchas de óxido, como si fueran discretas. Un abanico de metal que es preferible tenerlo apagado para que no cree una tormenta de aire caliente y un bombillo que cuelga en el centro con una cinta roja en la cadena para poder ser encendido.

 En uno de los bancos están sentados una señora, cuyo cuerpo fue consumido por la miseria al paso del tiempo y un niño con una herida en la pierna izquierda, que al parecer contrajo una infección fuerte. En la pared lateral se ve la famosa foto de la enfermera que pide silencio, pero a la que le falta el vidrio y el papel de la foto se arrugó.

Luego de su paseo visual, retrocede la mirada a la señora, que también la mira. Ella siente que es una mirada acusadora por lo que le realizan a Alicia. Las manos le sudan, quita su mirada y se para en la puerta, ve un platanero en un triciclo, un vendedor de pastelitos que pasa, una señora que transita y a todo el que ve siente que la culpa y decide entrar de nuevo para evitar todo aquello que la hace sentir una condenada.

 Se sienta de nuevo en uno de los bancos, las manos le siguen sudando, saca de su mochila un libro e intenta leer algo, pero no se concentra y lo guarda. Cuarenta y cinco minutos más tarde la enfermera sale y le dice:

_ Ella está bien, acompáñame._

Pasan por un pasillo un poco oscuro y entran al lugar donde se llevó a efecto aquel acto, ella ve a su amiga que le dice aún acostada en la camilla:

Ves que estoy bien, que no es nada.

A Milagros no le salen palabras, le toma la mano en señal de apoyo y por sus mejillas resbalan dos lágrimas.

_ Tranquila, la enfermera está buscando un carro para irnos._

En unos minutos la enfermera les avisa que el carro está en la puerta esperando. Ella ayuda a la amiga a levantarse de la camilla y caminan con cierto cuidado en dirección a la puerta, encontrándose con la enfermera que regresa, esta vez con el niño que será atendido y les reitera:

_ Ya el carro está esperando._

_ Gracias _ dicen ambas.

 Se montan el carro y se dirigen a la casa de Alicia.

Al llegar Alicia abre la puerta y penetran a la casa.

_ ¿Cómo te sientes? _ le pregunta Milagros.

_ Un poco adolorida, sabes no fue como la vez anterior._

_ ¿Le dijiste al doctor?_

Sí, pero me explicó que no era nada, que se me pasaría pronto, que ya yo era una veterana, pero no sé, no es igual, me recostaré un rato para descansar antes que venga mí tía

_ ¿Quieres que te prepare algo?_

_ No, no deseo nada ahora, lo que te digo es una cosa, no repetiré esto jamás._

_ Me quedaré un rato y me iré antes de que llegue tu tía, recuerda que se supone estoy en clases y debo llegar a la misma hora de siempre._

_ Lo sé, perdóname por meterte en esto, pero en el colegio solo tú conoces lo de mi vida loca, que tendrá que cambiar a partir de hoy, esta nueva experiencia por la que estoy pasando me hizo reflexionar._

_ No sabes cuánto me alegra escuchar eso._

_ Sí, es que además uno se vuelve loca con ellos y en los momentos difíciles se desaparecen, dejando a uno como si fuera un objeto._

_ ¡Se lo informaste y no te apoyó!_

Así es, me dijo que cómo estaría seguro que era de él, aunque puedo afirmar que lo era, me parece que en su lugar yo podría pensar lo mismo por lo loca que he sido, pero ellos de todas maneras son así.

_ Sí, hay que pensar en ser alguien en la vida para no depender de otro._

Tienen un buen rato hablando principalmente de las travesuras de Alicia hasta que llegó la hora en que Milagros tiene que partir para llegar a tiempo a su casa.

_ Bueno, te dejo, sabes mi número, cualquier cosa llámame._

_ Gracias por darme tu apoyo._

Solo espero que salgas bien de todo esto y pongas en práctica lo que me has prometido.

Sale de la casa y al ver la claridad y sentir el calor del sol, experimenta un gran alivio luego de aquel difícil momento por el que su amiga le había hecho pasar. Tan pronto da los primeros pasos sus pensamientos empezaron a realizar un repaso de todo lo sucedido. El miedo de que su violador pudiera ponerla en esa situación le llena de horror. Se imagina diferentes escenarios si algo así ocurriera, lo que le provoca ansiedad en su marcha hacia a la casa.

Llega y aunque para su abuela es normal su regreso, Milagros se siente sucia, cómplice de todo aquel embrollo en que la involucró Alicia, pero disimula y realiza sus tareas como un día cualquiera, aunque ya este le marcó una diferencia clara de la realidad y le puso en sobreaviso para el futuro. Se imagina que el abusador de Bruno seguirá realizando sus actos de violación en ella y que no tiene salida, pues nadie puede defenderla sin perjudicar a su abuela, por lo que decide enfrentar la situación.

El día sigue su curso, sus pensamientos sobre todo lo que le puede pasar no cesan, diferentes soluciones y alternativas son evaluadas en su mente, mientras las horas pasan lentamente y aunque trata de pensar en otras cosas, esa lluvia de situaciones no hace huelga en su mente y se convierte en una tortura la llegada del nuevo amanecer. Se levanta al ver las nuevas pinceladas del alba, piensa en cómo estará su amiga, quiere llamarla, pero no tiene su número, tendrá que esperar llegar al colegio para conseguirlo y llamarla, pues considera que ella no podrá ir.

_ Hola, Tony_.

_ Hola mi princesa, ¿cómo estás?_

_ Bien._

Caminan juntos hacia el colegio. Él orgulloso de ser su acompañante y ella envueltas en sus pensamientos e intrigas entre conversaciones, de vez en cuando una vaga conversación adorna sus pasos hasta llegar al colegio.

_ Estás como en el limbo hoy, ¿te pasa algo?_

_ Me duele un poco la cabeza_.

_ ¿Quieres que te busque un calmante?_

_ No, gracias, ya tomé uno._

Entran al colegio y a sus filas para el izamiento de la bandera y el canto a la patria. En la fila ella indaga a varias amigas sobre el número de teléfono de Alicia, en su cuarto intento lo logra, lo guarda y piensa pedir permiso para llamarla en la hora de recreo. Entran al aula y como de costumbre se envuelve en las nubes, pero esta vez no está en su fuente creativa, está en preguntas de cómo se encuentra su amiga. Antes de iniciar la clase la profesora le pregunta a Milagros:

_ ¿Cómo dejaste ayer a Alicia?_

_ Mejor _ responde_.

Solo unos minutos más tarde se para en la puerta del aula la secretaria del centro educativo, le hace seña a la profesora para que salga. Inmediatamente sale, le comunica varias cosas en un par de minutos. La profesora entra de nuevo y le ordena a María, una alumna que se sienta en primera fila:

_ Distribuye esta circular._

Mientras la joven cumple con la tarea encomendada, la profesora informa que el viernes habrá una reunión de padres y a los que no estén al día con el pago lo hagan durante esta. Aprovecha el momento para dar la mala noticia de que Alicia está muy mal de una peritonitis, clama por oraciones para que salga bien y se recupere.

Esta noticia llena de espanto a Milagros, sabe que no es lo que han informado para esconder la verdad y siente la necesidad de ir a saber más sobre lo que pasa.

_ Profesora, me permite ir a verla_

.

_ En este momento está en la clínica y ninguno podemos hacer nada, solo pedir a Dios que la proteja y le devuelva la salud, tan pronto como sepamos algo les informaremos, pero sé que todos, especialmente ella agradece tu actitud, hagamos la oración y entremos en materia.

Todos se ponen de pie y oran por Alicia, acto seguido la profesora inicia la clase. A partir de ese momento la preocupación de Milagros se multiplica y estará con ella todo el día hasta la hora de salida, momento en que irá al colmado de la esquina, cerca del colegio, para llamar a la casa de su amiga y saber cuál es la realidad. Llama varias veces, pero nadie contesta, por lo que considera que están todos en la clínica que aún no sabe cuál, por lo que se dirige a su casa acompañada de Tony que la esperaba en la puerta.

_ Es una pena esta situación de Alicia _ comenta él.

_ En verdad sí_ corrobora ella.

_ No sabía que fueran tan amigas ustedes._

_ No es que lo seamos, es que ella me pidió que la acompañara cuando se sentía mal, ¿recuerdas?, y la dejé bien en su casa, no sé qué pasó_.

_ Te ves más hermosa cuando estás preocupada_

_ ¿Verdad?, pues tendré que estarlo todo el tiempo_.

_ No, eres hermosa siempre, solo que de diferentes maneras._

Llegan a la esquina de la casa donde siempre se despiden y Milagros lo sorprende:

_ ¿Puedes darme un abrazo? _ le pregunta mirándole a los ojos.

 Él sorprendido y emocionado la abraza. Ambos quedan inmóviles por un momento, ella necesitaba un abrazo, pues se sentía tan sola que le parecía que flotaba en la vida. Él envuelto en su sorpresa cree que ella le está correspondiendo realmente a su amor. Solo duró un minuto, pero ella sintió el calor de Tony algo especial que le confortó y le dio fuerzas no solo por lo que pasaba con su amiga, sino por todo lo que le ocurría a ella. Tony siente que el amor de ella le llega de una manera especial en ese momento. Se separan, ella lo mira a los ojos y le dice:

_ Gracias, realmente lo necesitaba._

_ Siempre, es el placer más grande que he sentido, el tenerte entre mis brazos me ha hecho ser alguien especial, espero sintieras lo mismo por mí_.

_ Realmente es especial y te lo agradezco._

_ Hasta mañana, mi amor._

_ Hasta mañana _ se despide ella con esta simple expresión.

Llega a su casa, como de rutina inicia sus tareas luego de saludar a su abuela y con la preocupación del estado de salud de su amiga.

_ Mariana, no sabes lo que ha pasado y que me tiene muy preocupada.

Mariana con sus ojos grandes poniendo atención le escucha y al parecer hasta le comprende.

Le cuenta todo lo sucedido y al final le revela lo del abrazo de Tony. Toma a Mariana y la abraza para explicarle cómo fue el abrazo y saber si sentiría lo mismo.

_ Mariana, te quiero mucho, pero su abrazo fue de un calor especial_ le dice.

 Luego de estas palabras la sienta y recuesta de nuevo en el espaldar de la cama.

 La tarde agrieta sus colores creando grandes surcos, entre estos se observa la ausencia de luz. Ninguna noticia despeja la ansiedad de Milagros, después de terminar con sus oficios cotidianos y hablar un poco con su abuela se retira a su habitación. Minutos más tarde suena el teléfono, la abuela lo toma desde su cama. Milagros pone sus oídos a máxima capacidad para escuchar esperando sean noticias sobre su amiga.

_ Hola, sí, ella se encuentra, pero está durmiendo ya._

_ ¡Oh, qué pena!, lo siento mucho, se lo diré en la mañana sin falta. Sí, así es la vida, gracias por llamar, buenas noches._

Al escuchar estas palabras, de sus mejillas brotaron dos lágrimas que se deslizaron suavemente, sin dudas algo fatal le pasó a su amiga.

_ Milagros_ la llama la abuela._

 Sabe que su nieta está despierta. Esta corre para saber qué pasó.

_ Recuérdame mañana informarle a Loreta que el carro de oportunidad que compraría se lo vendieron a otra persona hoy.

_ Sí, abuela._

Un gran alivio se apodera de ella al saber que no se trataba de su amiga, retirándose nueva vez a su cuarto.

_ Mariana, qué susto me dio la abuela, pensaba que hablaba sobre Alicia._

_ Buenas noches _ se despide de su amiga.

Se arropa y apaga la luz de su lamparita para tratar de conciliar el sueño.

El manto que oscurece el cielo se va corriendo, dando paso al nuevo día, los gallos anuncian su llegada. Milagros se levanta, realiza sus labores y le recuerda a su abuela el encargo que le hizo el día anterior y se dispone a salir al encuentro de su amor incondicional, su acompañante permanente, Tony, quien hoy la esperaba con más ilusión, luego de aquel abrazo que lo subió a las nubes.

_ Hola, mi querida reina._

_ Hola, ¿me subiste el estatus?_

_ Después del abrazo de ayer creo que no hay dudas de que me quieres._

_ No me eleves, aún solo somos buenos amigos y te lo agradezco._

_ ¡No me mates de esa forma!_

_ Tranquilo, todo a su tiempo._

Llegan al colegio, al entrar al aula la profesora la llama y extiende una mano para entregarle un papel y a la vez ordenar:

_ Milagros, Alicia está en esta clínica, en esa habitación, escoge un alumno que te acompañe y vayan a saber de su salud. Por favor, tomen el menor tiempo posible, ¿está bien?_

_ Sí, profesora, me iré con Tony_.

_ Lo veo bien._

_ Tony, acompañe a Milagros._

_ Con gusto, maestra_.

Ninguna orden para Tony podría ser más apreciada que el acompañar a Milagros a cualquier lugar. Salen del colegio, toman un minibús y se sientan en la parte trasera, allí viendo pasar el paisaje de los kilómetros. En silencio, entre paradas y arrancadas, subidas y bajadas de pasajeros, Milagros mueve su mano izquierda atrapando suavemente la de Tony y le promete:

_ Seré tu reina._

Tony queda totalmente mudo, jamás pensó que ese día, luego de haberlo desilusionado y que él deliberaba en insistir, las cosas podían dar tal giro.

_ ¿No es lo que deseabas o cambiaste de opinión? _ pregunta ella al ver que no respondía.

_ Claro que no, me haces muy feliz, es solo que me sorprendiste _ contesta él levantando su mano con la suya, le da un beso y la abraza de nuevo.

En aquel momento sus corazones quieren salir de sus pechos, sienten las mariposas volar entre sus estómagos y provocarles cosquillas.

_ Nunca había sentido esta emoción _ confiesa ella._

_ Es el amor que nos llega, ¿no es hermoso?_

_ Sí lo es _ responde ella y le da un beso suave en los labios.

Debido a ese mágico mundo de amor que acaban de descubrir, se escucha la voz del cobrador de la guagua que bocea:

Parque Independencia, Duarte, mercado... y se dan cuenta que se han pasado de la clínica debiendo pedir parada para quedarse y retroceder afortunadamente tres calles hasta su destino. Llegan, entran y van directo a la habitación donde está Alicia, allí encuentran una enfermera arreglando la cama y Milagros le pregunta:

_ ¿Dónde está Alicia?_

_ Lamentablemente se fue _ contesta la enfermera.

_ ¡No puede ser!_ expresa Milagros y estalla en gritos.

_ Pero no llores_ le reclama la enfermera.

_ Cómo que no, era una amiga muy querida._

_ ¿Era?, estás confundida, ella se fue, pero para su casa._

_ ¡Oh!, es que como dijiste que lamentablemente se fue pensé que había muerto. _

_ ¡Ni lo quiera Dios!, dije que lamentablemente porque ella se manifestaba conmigo, fueron solo dos días, pero me fue bien y además era agradable._

_ Gracias._

Los jóvenes que ahora estrenan un nuevo estatus, el de novios, se dirigen a la casa de Alicia, allí tocan la puerta y abre su tía._

_ Hola, ¿está Alicia?_

_ Sí, pasen._

_ ¿Se escaparon del colegio para venir a verla?_

_ No, la profesora nos envió para saber de Alicia._

_ Ella está mejor, vengan por aquí _ les invita la tía conduciéndolos a la habitación.

_ Hola, todos en el colegio estamos preocupados, ¿cómo te sientes?_

_ Mejor, pero esto tomará unos días _ dice mirando a los ojos de Milagros.

_ Necesito ir al baño, ¿nos esperas fuera, Tony?_

_ Claro_

Fue solo una excusa para quedarse sola con Milagros.

Tony sale y se sienta en la sala. Mientras la tía le ofrece una limonada a este, en la habitación ambas inician una conversación:

_ Alicia, qué susto me has dado, ¿qué pasó?_

_ Es que se produjo una infección y me puse muy mal, pero ya estoy bien _ responde Alicia y luego detona en llantos.

_ Sí, bota el golpe _ le aconseja Milagros.

_ Es que no podré botarlo nunca._

_ Sí, con el tiempo._

_ Es que no te he dicho que nunca podré tener hijos por el daño que sufrí._

_ ¡Cómo!, lo siento mucho _ le manifiesta Milagros y la abraza._

_ Y tu tía, ¿cómo reaccionó?_

_ Se puso como loca, ella fue quien llamó al colegio._

_ Milagros, allá qué dicen _ pregunta.

_ Creen que fue una peritonitis._

_ Menos mal._

_ ¡Ay mi madre!, nos tenemos que ir, es que le di amores a Tony y fue tanta la emoción que nos pasamos de la parada al ir a la clínica y luego llegar hasta aquí, lo importante es que te estás recuperando.

_ Te agradezco mucho lo que has hecho por mí._

_ Para eso somos amigas, seguiré viniendo, no te preocupes, debes estar segura que nadie sabrá qué pasó._

Sale de la habitación, se dirige a la sala en busca de su amor y parten al colegio donde informan de la recuperación de Alicia.

A la salida del colegio los novios se toman de las manos y realizan su recorrido habitual, pero ahora llenos de esa extraña sensación que llaman amor, envueltos en una gama de los más hermosos colores, que solo se empaña con la despedida.

Llega el sábado y su amanecer se oscurece con la aparición de Bruno al mediodía, quien ha esperado la partida de madre e hija hacia el salón, donde asisten con la finalidad de que las estilistas logren milagros a sus desagradables imágenes.

 Entra con la copia que le sacó a la llave y encuentra a Milagros en el comedor.

 _ ¿Cómo entraste? _ pregunta asustada.

 _ Tengo llave_.

Un gran temor se apodera de ella al pensar que sería violada de nuevo, pero a pesar de todo disimula y le dice:

 Ellas salieron.

 _ Lo sé _ responde con cierta picardía y una sonrisa a flor de labios.

 _ Vengo para que disfrutemos un poco, ¿qué te parece?_

 _ Me parece muy mal, si lo intenta bocearé _ le advierte ella tratando de detenerlo. Pero este ya la tiene a su merced y la conduce a la fuerza a su habitación donde la haría suya de nuevo a pesar del gran forcejeo y reproches.

Nueva vez el abusador satisface su deseo y con su diabólica sonrisa le deja dinero sobre la mesita de noche, como si se tratara de una prostituta y no como la niña a quien daba su mesada por ser el amante de su tía.

 Nuevamente frustrada y ahora muy preocupada, pues él tiene llave de la casa. Ella no puede decir nada por el bien de su abuela, pero necesita una solución, pues analiza que Bruno quiere hacer una costumbre sabatina sus canalladas. Yace en la bañera dejando caer el agua sobre su cuerpo para limpiarlo de toda aquella agresión. Sus lágrimas se confunden con el agua que se desliza por su cara y que se dirigen juntas hacia el desagüe, por donde no se puede ir el coraje y toda la rabia que siente por aquel hombre que se ha convertido en el ser más despreciable para ella.

Sale del baño y pasa la toalla por todo su cuerpo deseando borrar las ásperas e indeseables caricias de su agresor, sale y se dirige a su habitación lentamente, allí Mariana le espera con sus grandes ojos mirándola insistentemente.

_ Sí Mariana, sé que tengo que hacer algo y pronto, no puedo permitir que esto continúe._

Se recuesta a descansar su dolor, abraza a Mariana y conversando con ella sobre lo sucedido cae en los brazos de Morfeo.

_ Milagros, despierta _ le ordena Loreta.

Ella abre los ojos y piensa que está amaneciendo, pero solo son las 6:00 de la tarde. Al no acostumbrar a dormir de tarde está confundida, pero regresa a la realidad al escuchar otra vez la voz de su tía que le manda:

_ Levántate, que ya llegó Bruno y tienes que hacer la cena._

A la tía no le interesa lo raro de que ella esté acostada a esa hora o si se siente mal, solo piensa en su amado demonio. Al escucharla regresa a la realidad y odia el repugnante momento que tendrá que pasar preparando la cena y disimulando su malestar, se levanta y se prepara para realizar su desagradable tarea.

Milagros camina en la cocina preparando unos espaguetis, cada paso que da es seguido por la mirada de Bruno, ella no lo mira, su desprecio por él crece cada vez que lo recuerda o se topa accidentalmente con su desagradable figura. Como siempre se sientan en la mesa la abuela encabezando, a un lado Bruno y en la otra parte cabecera Loreta, Milagros sirve le cena y se va a retirar cuando su abuela le pregunta:

_ ¿No piensas cenar?_

_ Ahora no, abuela, quizás más tarde, me duele un poco la cabeza _ responde e inmediatamente se retira a su habitación.

Después de cenar, la abuela preocupada llega en su silla hasta el cuarto de Milagros:

_ ¿Qué te pasa, mi hija?, ¿te tomaste algo para el dolor?_

_ Sí, abuela, ya estoy bien._

_ No me gusta verte así, sabes que puedes confiar en mí._

_ Lo sé, abuela, tranquila._

Esa noche mil pensamientos pasan por la mente de Milagros buscando la forma de evitar una tercera violación. Maldice varias veces al infame protagonista de su desgracia, piensa en confiarle a su abuela, pero el miedo de que le afectara negativamente en su salud se lo impide. En su búsqueda de solución a su situación la vence el sueño abrazada a Mariana.

El lunes como de rutina su eterno enamorado Tony la recibe con una flor y un beso que intenta adjudicar en su boca, pero el viraje rápido del rostro de Milagros le hizo aterrizar en su mejilla. La acción lo desconcierta, se torna confundido, pero lo soporta tranquilo, le da una nalgadita y le pregunta:

_ ¿Qué pasó, mi amor?_

Ella reacciona dándole una bofetada y acto seguido lo abraza.

_ Perdona, no quise hacer eso, fue un acto reflejo, no me gusta que me pongan la mano._

_ Está bien, tranquila, ¡pero qué duro pegas!_

_ Te compensaré con otro beso, pero por favor no lo repitas._

_ Bien, vale la pena _ dice él poniendo la mejilla.

 Pero esta vez ella lo besa en la boca dejándolo más sorprendido.

_ ¡No entiendo!_

_ No trates, algún día lo entenderás._

Siguen caminando juntos, él con la alegría que brinda la conformidad de aquel beso y ella enredada en la búsqueda de una solución a su secreta tragedia.

Milagros pasa toda la semana valorando en sus pensamientos acciones de todo tipo que la puedan liberar de lo que se está convirtiendo en una práctica horrorosa de los sábados. Cada vez se encierra más en su cuarto a estudiar y a conversar con Mariana.

El sábado llega como una sentencia, su abuela y su tía salen rumbo al salón. El viejo reloj marca las 3:20 de la tarde, Milagros decide ponerle el seguro a la puerta para impedir la entrada de Bruno, se siente segura y continúa con sus labores sabatinas de aseo a la casa, sin descuidar su atención a la puerta para saber de su llegada. Pero curiosamente él no se ha acercado a la puerta precisamente el día que le pone el seguro, lo que le da más alivio a su pesar. Sigue en sus labores y al terminar se dirige a su habitación, al entrar el espanto se adueña de ella al ver a Bruno desnudo y acostado en su cama.

_ ¿Cómo entraste?_

_ Se te olvida que tengo mi llave._

_ Pero la puerta tiene seguro._

_ Cuando se lo pusiste ya yo había entrado, tranquilízate y ven a nuestro nido de amor._

_ Te equivocas _ dice ella y sale corriendo, él se levanta rápidamente y la sigue atrapándola en la cocina donde trata de lograr otra de sus victorias, pero en el forcejeo ella siente que Bruno pierde fuerza y se desliza entre sus brazos, lo deja caer y observa que el cuchillo con el que lo amenazaría está totalmente dentro del vientre de este, brota la sangre lentamente hasta caer al piso. Bruno con los ojos abiertos y su mirada fija reclama compasión, ella tan sorprendida como él solo toma el cuchillo y sigue propinándole estocadas acompañadas de frases vengadoras que le van produciendo cierto alivio a su venganza. Luego de unos minutos reflexiona y se da cuenta de la locura que ha cometido, corre y se refugia en su cuarto abrazando a Mariana, pero la voz de su abuela la despierta:

_ Milagros, despierta hija, ¿qué sueñas que estás tan alterada?_

_ Una pesadilla abuela, gracias por despertarme._

_ ¿Estás bien?_

_ Abuela, ahora sí, gracias por llamarme._

_ Me alegra que todo terminara._

La abuela sospecha lo que está pasando, pero no lo ha podido confirmar, tratando de buscar una salida le comenta:

_ Sabes, he tomado una decisión y quiero tu apoyo si estás de acuerdo._

_ Dígame, abuela._

_ No quiero ir al salón todos los sábados, prefiero que me laves la cabeza y me arregles tú y así yo me ahorro una parte y te doy la otra a ti, ¿te gusta?_

Sus ojos se llenan de emoción, es una luz de salvación que llega de repente a su vida y llena de gozo le contesta:

_ ¡Claro abuela!, la pondré mejor que en el salón, ya verá._

_ Pues empezamos hoy mismo, después de comida _ dice la abuela.

_ Abuela, está bien _ le responde al tiempo de darle un beso en la frente.

 Bruno espera como de rutina en el colmado de la esquina para proceder a su ya habitual violación, de repente ve un taxi en el que se está montando Loreta y en el que parte hacia su imposible esperanza de que la embellezcan, él se apresura y penetra en la casa y cuán grande fue su impresión, asombro y susto al ver a Milagros lavándole la cabeza a su abuela en la cocina.

Un hola sale de su boca envuelto en vergüenza y tratando de justificar ante la abuela su llegada y forma de entrar, sin lograr convencerla.

_ Bruno, ¿cómo entraste?_

_ Ah, tengo una llave que se me olvidó devolver a Loreta y vine a traerla, qué pena que ya se fue _ contesta.

Cree haber acertado con lo que considera una buena respuesta.

_ Dámela a mí, yo se la entrego_ le exige la abuela extendiendo la mano.

_ Sí._

 Él se acerca y pone la llave en su mano. Siente cómo se agotaba su pase hacia la fuente de sus perversos deseos sabatinos.

Mientras Milagros solo observa el sorprendido rostro de Bruno y con una leve sonrisa burlona le pregunta:

_ ¿Deseas un café? _

_ No, gracias, solo vine a eso y ando rápido, nos vemos luego _ responde y sale como un rayo por la puerta.

_ ¿Él te molestaba?, ¿verdad?_

_ Sí abuela, es un fresco._

_ Lo sabía, por eso tomé mi decisión, ¿ha llegado muy lejos?_

_ Sí, me ha desgraciado la vida, muchos pensamientos han pasado por mi cabeza, pero me he controlado, usted me ha salvado _ confiesa._

 Explota en llantos y se agacha para abrazar a la abuela.

¿Por qué no me dijiste nada?_

_ Tenía miedo de que le afectara, abuela._

_ Pues hiciste mal, debiste decírmelo, se lo he dicho a Loreta que ese es un desgraciado, que no sirve _ comenta con rabia.

_ Abuela, no se ponga así, tranquila, ya todo pasó. _

_ Él me va a escuchar y ella también_.

_ Pero no se incomode, abuela, que le va a hacer daño, ahora yo la pondré hermosa.

_ Está bien hija, pero es que me duele que ese hijo de puta te hayas maltratado.

_ Lo sé, abuela, pero tranquilícese, ya todo pasó.

Bruno envuelto en su sorpresa y confusión sale y toma la avenida Independencia rápidamente, luego de dos calles recuerda que había dejado su carro frente al colmado y tenía que regresar a buscarlo. Su pensamiento solo estaba concentrado en la pérdida de su tercer amor y de Loreta, qué pasaría ahora, qué haría la abuela y muchas cosas más. Pasa de nuevo frente a la casa acelerando el paso para no ser visto y logra llegar a su carro para alejarse lo más rápido de la casa.

Unas horas más tarde llega Loreta, saluda y se dispone a entrar a su habitación, pero la mirada de reojo que hizo le obliga a regresar, se impresiona con el arreglo que luce su madre en la cabeza.

_ ¡Qué bien quedaste!, ¿quién vino arreglarte?_

_ Una joven especial que tiene unas manos divinas._

_ ¿Y cuánto te cobró?_

_ La mitad de lo que pagamos en el salón._

_ No te creo._

_ Pues créelo, mejor, a domicilio y por mitad de precio._

_ Para el próximo sábado yo me apunto._

_ Me parece bien, le avisaré, pero espera, no te vayas, hay algo que quiero que hablemos._

_ Dígame _ contesta Loreta medio intrigada por la manera en que le habló su madre.

_ Siéntate._

_ ¿Tan grave es?_

_ Sí, quiero saber por qué Bruno tiene una llave de la casa._

_ ¡Bruno no tiene llave!, yo le presté la mía para que trajera el regalo de las

madres, pero él me la regresó el mismo día._

_ Pues él sí tenía una llave y yo se la quité, mírala aquí._

Loreta queda totalmente asombrada, no se imaginó nunca que tuviera una llave y deduce rápidamente que si la tenía es porque sacó una copia el día que le prestó la de ella. Se pregunta con qué fines e inmediatamente concluye en la realidad.

_ ¿Cómo lo descubriste?_

_ Porque entró mientras Milagros me lavaba la cabeza._

_ ¿Ese maldito abusó de Milagros?_

_ Sí, varias veces, cada vez que íbamos al salón._

_ Dios, sabía que le gustaba y hasta la enamoraba, pero jamás pensé que ese desgraciado llegaría tan lejos y en mi propia casa._

_ Y ella, ¿cómo está?_

_ Después de sentirse miserable, abusada y de todo, bien._

_ Yo tengo la culpa por no querer escucharla cuando se quejó, debí hacerle caso y no tratarla como lo hice, me siento avergonzada, ¿crees que me perdone?_

_ Considero que sí, aunque el daño es irreparable._

Loreta se dirige a la habitación de Milagros, se para frente a la puerta y toca suavemente con los nudillos.

_ Pasa, abuela _ ordena Milagros._

_ No es tu abuela, soy yo _ dice Loreta al abrir la puerta.

Entra, se dirige hacia ella y la abraza.

_ Perdóname, perdóname, no quise escucharte, pero jamás pensé que ese maldito te haría daño, yo tenía miedo de perderlo, no sabes lo difícil que ha sido para mí conservarlo, pero se acabó, no puedo perdonarle lo que te ha hecho._

_ Gracias tía, ha sido muy difícil, pero hoy es el día más feliz de mi vida._

Ambas abrazadas unieron sus lágrimas, dejando escapar todo el desprecio que hasta ese momento sentían y abriendo con ello una nueva etapa de sus vidas.

El sol despertó temprano, la ciudad recibe el bullicio acostumbrado de los pregoneros, los cantos de los gallos y diversos pájaros, el abrir de las puertas de los diferentes negocios, de los carros y motocicletas con su contaminación. Milagros se levanta radiante llena de vida, realiza sus primeras tareas del hogar y se prepara para ir al colegio después de pasar un sábado extraordinario y un domingo muy feliz, libre de la contaminación del oportunista que marcó su vida. Se para en la puerta y observa a los lados y al cielo inhalando todo el aire fresco que llena sus pulmones y emprende camino hacia el colegio. Tony como siempre a su espera, la observa en el trayecto hacia él y nota todo el esplendor que destella aquella mañana, todo el derroche de gracia que baña su cuerpo y el sincronizado balanceo de su nuevo caminar.

_ Hola, príncipe_ saluda ella con una sonrisa a flor de labios y le da su acostumbrado beso en la mejilla.

Hola, mi reina _ responde él.

 Corresponde al beso, pero queda medio sorprendido.

_ Hoy estás más hermosa y sensual que nunca, ¿qué pasó el fin de semana?_

_ ¿Tanto se nota?_

_ Totalmente, ¿qué ha pasado? _

_ Es que tengo novio._

_ ¡Qué!, pero creí que nosotros éramos novios _ comenta él impresionado.

 Siente que su cuerpo se desploma.

_ Yo nunca te contesté _ dice ella.

_ Lo sé, pero de la manera en que nos llevamos y el beso del otro día, yo pensaba que sí._

_ Lo siento, pero si es por eso te contesto ahora._

_ Sí._

Ahora Milagros le da un beso suave en la boca.

Tony impresionado queda atónito mirándola y ella tomándole de la mano le dice:

_ Vamos que se hace tarde, mi amor._

Él camina embelesado, siente que el corazón se le va a salir del pecho y siguen todo el trayecto hasta el colegio tomados de manos, transmitiendo sus palpitaciones de sus pechos y las mariposas que se reflejan en sus estómagos. Ambos se sienten dueños del mundo y respiran el aire más fresco que llena totalmente sus pulmones.

Hora de la salida. Milagros va al patio del colegio, justo frente a la puerta de salida en la que siempre se reúne con Tony y algunos amigos para hablar o quizás hacer algunos planes antes de partir, ambos se toman de la mano delante de sus compañeros para confirmar que son novios, de inmediato:

_ ¡Felicidades! _ grita con alegría Alicia._

_ ¡Ya era hora! _ expresa Ángela._

Estalla la algarabía que los lleva al centro de un círculo en un solo abrazo, la acción de una profesora los hiace tomar diferentes caminos terminando con la alegría de aquel momento. Los nuevos novios salen a la avenida Independencia y caminan juntos con sus estómagos mariposados, sin escuchar ruidos, ni sentir contaminación, solo la belleza de la poca naturaleza que el ser humano ha permitido que sobreviva y escuchando el canto de los muy escasos pájaros que por heroísmo aún prevalecen.

Pasan algunos meses, las cosas en la vida de Milagros han tomado otro matiz, luce reluciente, el cambio de su tía las ha convertido en buenas amigas y su abuela también está feliz. Sus padres la notan mucho mejor, pero desconocen la causa, ya que ella nunca les ha comunicado nada, consideran que es la edad y que ya se está comportando como toda una señorita.

La tarde está calurosa, el sol castiga con fuerza, el vapor que provoca una ligera llovizna complica más la situación, ya Tony es un novio reconocido y aceptado en la casa por lo que la visita, además de acompañarla a la ida y regreso del colegio. Ambos caminan hacia la casa enrollados en su mundo de amor puro, ella abre la puerta de la casa y una gran algarabía brota desde el comedor. Sí, allí estaban su madre, hermano, sus tíos Freddy y Josefina, sus primos, así como su abuela y su tía Loreta, un hermoso bizcocho hecho por Josefina adornaba la mesa, el letrero de "Feliz cumpleaños" en la pared del comedor, sus ojos se abren como para mirar a todos a la vez:

_ Gracias, gracias, ¡qué gran sorpresa me han dado, ¡cuánta alegría hay en mí!_

Todos corren a abrazarla y pronuncian sus mejores deseos, recibiendo además diferentes regalos. Ella está feliz, abraza a todos y regresa a abrazar nueva vez a su madre, a quien pregunta:

_ ¿Por qué no vino mi papá?, ¿todavía no me quiere?_

_ Sí te quiere, pero sabes cómo es él _ le comenta la madre mientras la abraza.

_ Este obsequio te lo envió él _ le dice.

Le entrega una cajita envuelta en papel de regalo.

Ella lo toma con poco interés y con desánimo.

_Ábrelo _ le exige la madre.

Milagros obedece, quita el pequeño lazo y abre la cajita, encuentra una hermosa cadena que tiene la letra M y con una nota que dice "Para la hija más bella del mundo", luego de leerla abraza nuevamente a su madre y le dice con alegría:

_ ¡Me quiere, mami, me quiere!_

Aquella escena le regresa toda su alegría y vive un feliz momento. Su tía Loreta hace un llamado de atención:

_ Escuchen. Milagros, ahora me toca a mí, quiero hacerte un regalo especial que sé te gustará mucho._

 Se acerca a ella.

_ Este llenará tu corazón de nuevo y te lo entrego con todo mi respeto, cariño y admiración _ dice pasándole el regalo.

 Milagros procede a abrirlo, quita el lazo que lo envuelve, luego el papel, es una caja de zapatos, todos están a expectativas. Al quitar la tapa encuentra un paquete de papeles cuidadosamente doblados y atados con una cinta rosada.

_ ¡No puede ser, tía!, ¡son mis poemas!, ¿cómo los recuperaste?_

La tía abrazándola de nuevo le dice al oído:

_ Nunca los quemé, los tenía en la mano, pero fueron unas viejas recetas y notas las que realmente viste que tiré a la cubeta, cómo puedes pensar que destruiría los poemas de una gran escritora._

_ Gracias, no sabes lo feliz que me haces._

_ Milagros, también decirte que hay alguien que tiene otro regalo para ti.

_ Adelante, Rolando._

_ Querida prima, tus poemas y anónimos nunca estuvieron perdidos, cada vez que me los dabas para leerlos y escuchar mi opinión, yo los copiaba y los ponía en esta carpeta para un día sorprenderte. Cuando me dijiste lo que pasó pensé contártelo, pero preferí darte una sorpresa en tu cumpleaños y decidí llamar a tu tía para reclamarle, pero ella me informó y coordinamos esto._

_ Gracias, primo, no sé cómo agradecerles._

_ No tienes que hacerlo._

_ Además me tomé el atrevimiento de enséñaselos a un amigo de una editora y quiere publicarlos en un libro, si estás de acuerdo._

_ ¡Primo, ese es un atrevimiento muy agradable! _

Entre conversaciones y el aire caliente dispersado por dos abanicos situados entre la sala y el comedor, pasa la hermosa tarde de su cumpleaños en la que sus ojos descuidaron su mirada triste para destellar felicidad.

El tiempo va recolectando caminos, pasa una etapa importante de formación en su vida, ha culminado su bachillerato, e ingresa a formar parte de la vida universitaria, llega respirando un sabor nuevo, ahora cosechará los conocimientos que le gustan. Licenciatura en Letras es la carrera escogida y en la que pone su empeño para desarrollar sus habilidades como escritora, que se ha iniciado con la experiencia de la publicación de sus poemas en un libro que fue muy bien acogido por las críticas. La alegría aflora de su cuerpo y contagia todo aquel que pasa por su derredor. Sí, es una nueva e importante etapa de la vida en la que pondrá en práctica las bases que la forjaron como bachiller, para lograr la meta que se ha trazado, obtener un título. Ha llegado a la Alma Mater donde saciará su hambre del saber, pero solo si pone todo su empeño en aprovechar cada migaja de conocimiento que los proveedores le harán llegar. Ella será la única responsable de superarse y de lograr su objetivo sobrepasando los obstáculos y dificultades que se le presentarán en su trayectoria.

_ Hola _ saluda a un joven frente a la Facultad de Humanidades.

_ Hola _ responde el estudiante._

_ ¿Este es el Colegio Universitario? _ pregunta ella.

_ No, es aquel, acompáñame, yo voy para allá, ¿qué aula buscas? _

_ La 205._

_ Oh, yo también._

_ ¿En serio?_

_ Por mala suerte no, voy a la 104, pero te juro que trataría de cambiarme para conocerte mejor, no todos los días se puede tener la dicha de conocer una reina como tú._

_ Gracias _ dice ella.

Lo mira a los ojos y piensa "qué galante".

_ Pero, pero no te preocupes, estaremos cerca _ continúa ella mientras camina junto a él.

_ ¿Qué piensas estudiar? _

_ Letras, ¿y tú?_

_ Me gusta la electromecánica, pero no creo que puedas estudiar letras._

_ ¿Por qué?_

_ Porque letras eres tú, que formas el poema más bello que he visto._

Ella detiene la marcha, queda totalmente sonrojada, aquella galantería le llena su ser de emoción de los pies a la cabeza. Él, por su parte, lo expresa con cierta vergüenza, sin mirarla y sigue caminando como en el aire. Al darse cuenta de que ella se había detenido, regresa hacia ella.

_ ¿Qué pasó?, ¿te molestaste? _

_ No, es que nunca alguien me había manifestado nada tan hermoso, gracias._

Él respira y señalándole el camino le dice:

_ Es la realidad, vamos que se nos termina el tiempo, ¿crees que podemos juntarnos después de clases?_

_ Claro, mi nombre es Milagros, mucho gusto._

_ Yo soy Daniel y este ha sido el mayor placer de mi vida._

_ Gracias de nuevo, pues nos vemos en una hora._

Luego de la despedida ella entra al aula._

Lo único que entendió de todo lo que dijo el profesor fue su nombre, pues su mente se la había llevado Daniel con aquella expresión que llena su alma de vida y hace brotar su inspiración para escribir uno de sus poemas. Estaba inquieta y quería que los segundos fueran minutos para que la hora se esfumara y ella poder conocer mejor a la persona que en solo segundos había hecho vibrar su corazón como nunca antes.

Cuando el reloj completa su vuelta ella sale del aula y se lleva la sorpresa al encontrar en el pasillo a Daniel que la esperaba.

_ Hola otra vez _ saluda él._

_ Hola _ responde ella sorprendida._

_ Discúlpame, vine a buscarte, no podía permitir que te me fueras y no saber más de ti._

_ No es para tanto_ responde ella._

_ ¿Tienes alguna clase ahora? _

_ No._

_ ¿Crees que podemos conocernos mejor? _

_ Sí._

Podemos sentarnos debajo de un gran árbol de cajuil que vi en la entrada al campo deportivo.

Vamos responde ella._

Efectivamente, varios árboles de cajuil y mango formaban parte de aquella maravillosa zona en la que fundamentalmente los atletas, profesores y entrenadores de las diferentes disciplinas se daban cita para aprovechar la sombra que estos producían y degustaban de sus frutos. En una de estas sombras Daniel y Milagros pudieron conocerse mejor.

_ ¡Qué hermoso es todo esto!, no sabía que existía, parece como un sueño, te agradezco me lo mostraras._

_ Sabía que te gustaría, es mi refugio de paz y superación._

_ Ah, sí._

_ Sí, aquí comparto con la naturaleza en todos estos bellos árboles y puedo palpar de cerca el esfuerzo de seres tan especiales como son estos atletas, que tienen prácticamente como condiciones su propio esfuerzo, el de sus entrenadores y profesores y logran los más altos galardones de las competencias nacionales e internacionales._

_ ¿Verdad? _ inquiere ella muy interesada.

_ Sí, verdaderos héroes que ponen la bandera de nuestro país en alto cada vez que nos representan.

_ ¡Qué hermoso es todo esto!, es como si se abrieran otras puertas en la vida._

_ Así es, es otro mundo lleno de esfuerzo y sacrificio, pero repleto de satisfacciones. Ocultos para la mayoría que solo se entera cuando estos logran un triunfo internacional.

De esa manera cada momento que pasa se compenetran más, ambos intercambian números de teléfonos y horarios de clases para poder encontrarse. Ahora ella tiene una gran inquietud, su novio, así como lo que ella considera que es un nuevo amor que nace. Se siente confundida, pues no distingue si a Tony realmente lo quiere o es solo una bella costumbre. En esa encrucijada pasan los días y cada vez más ilusionada de Daniel y más confusa con Tony.

Una mañana esplendorosa en que el sol suavemente descarga sus primeros rayos aportando claridad al día para que la naturaleza permita lucir su belleza de primavera y las flores despierten en un concierto de hermosura, Milagros termina y sale del laboratorio de química, que tocaba a las 7:00 de la mañana, no ha dado más de diez pasos cuando de frente se encuentra con Daniel.

_ Hola, princesa, ¿cómo estás?_

_ Bien, ¿y tú? _ responde Milagros llena de asombro.

_ Te invito a desayunar._

_ Gracias, pues salí muy temprano y tengo mucha hambre, ¿dónde vamos? _

_ Aquí mismo, debajo de la escalera, es sencillo pero sabroso._

Simplemente dan vuelta y se dirigen en el mismo edificio como él indicó, debajo de la escalera que da frente al Colegio Universitario. En el lugar un joven con dos mesitas pegadas a la pared sobre las que hay una tostadora, panes, jamón, queso, tomates y condimentos con los que prepara los famosos y exquisitos emparedados. Al lado, para complementar, una máquina de refrescos. En el perímetro muchos estudiantes solicitan las habilidades de aquel joven para fusilar el hambre. "Dame dos de queso", "A mí uno de jamón y queso, "Déjalo que se tueste bien" son algunas de las frases que se escuchan en el lugar.

_ Dame dos de jamón y queso _ ordena Daniel mientras saca dos refrescos de la nevera.

_ ¿De qué lo quieres? _ pregunta él.

_ De uva _ responde ella.

Les pasan los emparedados y se sientan a degustarlos en la escalera, ya que las botellas tienen que devolverlas a uno de los huacales que se encuentran al lado de la nevera. Después de sentir la paz estomacal, Daniel la toma de la mano e inician una caminata hacia el campo deportivo, allí sentados en el redondel que protege uno de los árboles de cajuil, él aún con la mano de ella tomada, fija su mirada directa a sus ojos, ella inmóvil le mira fijamente también. El tiempo desaparece convirtiendo aquel momento en mágico, en el que suben atravesando las ramas y los frutos de aquel árbol sin tocar nada y siguen hasta las nubes, entre las que él toca con suavidad y ternura su cara y ella con gentileza lo permite. Era una sensación nueva que jamás había sentido, su corazón casi brota de su pecho al sentir los labios de Daniel que depositan un suave beso en los suyos.

Te amo, necesito que me des el sí.

_ Dame tiempo, por favor, yo también me siento bien contigo, pero no puedo traicionar a mi novio, no sería justo y no es correcto, espera, te lo pido._

_ Está bien, pero no te tardes o moriré sin ti._

_ No te mueras porque me matarías._

_ Se me hace tarde para la siguiente clase, me voy._

_ Te acompaño._

_ ¿No tienes clase ahora? _

_ Sí, pero puedo llegar tarde si es para disfrutar de tu compañía._

Ambos salen del campo deportivo, él la acompaña hasta su aula y luego se dirige a un lugar donde se reúne con compañeros en tiempo libre.

_ ¿Qué pasó? _ saluda a dos compañeros.

_Oh, ¿y tú no tienes matemáticas ahora?

_ Sí y tú también, pero yo no entraré porque estoy muy emocionado pensando en mi reina y de hacerlo seguro que el profesor me atrapa fuera de base, porque le ha cogido conmigo.

_ Y tú, ¿por qué no vas?_

_ No entiendo ese capítulo y no quiero pasar vergüenza._

_ Ah, yo te lo explico, pero déjame regresar a mi estado normal._

_ ¿Quién es ella que te tienes así?_

_ Ya tendrán el privilegio de conocerla, es única._

_ Esperamos sea pronto._

Milagros habla con Mariana sobre Daniel, le va dando los detalles de cómo ha sucedido todo, mientras ella como siempre con sus ojos grandes y su mirada fija pone total atención. Entre su conversación incluye la necesidad de terminar con Tony procurando que al planteárselo no sea frustrante para él, pero debe ser lo más pronto posible. El amor florece en ella verdaderamente por primera vez.

Siente como si se encontrara en un jardín lleno de hermosas flores, cuyo aroma estimula su olfato, acompañado por el canto de ruiseñores, mientras baila con Mariana en la habitación.

_ Mañana será el día en que hable con Tony, ¿qué te parece? _

_ Siempre te quedas callada, pero sé que me entiendes._

_ Milagros, ven a cenar _ le llama Loreta, quien se ha esmerado en cocinar para la nueva conquista que ha llegado a su vida.

Se mira en el espejo y se arregla un poco después de poner a Mariana en la cama y decirle:

_ Lamento que no puedas ir._

Sale de la habitación hacia el comedor donde esperan su abuela, su tía y el nuevo galán.

_ Buenas noches _ saluda al acercarse a la mesa.

_ Buenas noches _ responden los presentes.

_ Ella es mi sobrina Milagros _ la presenta Loreta.

_ Mucho gusto, es más hermosa de lo que me dijiste, soy Néstor _ se presenta medio levantándose de su silla, pero frenado por la voz de Milagros que le dice:

_ Gracias, es un placer, pero no se levante._

Toda la mesa luce esplendorosa, dos candelabros iluminan el manjar puesto sobre un fino mantel de encajes de suave verde esmeralda, festuchinis, pollo al ajillo, pan con ajo y vino italiano, de postre buñuelos.

_ Salud _ dice la abuela en alta voz, demostrando su alegría por Loreta haber puesto fin a la relación que la atormentó por tanto tiempo y de tantas formas su vida.

_ Salud _ contestan los demás integrantes de la mesa levantando sus copas y llevándoselas a sus bocas para saborear el suave y sabroso vino.

_ Realmente todo esto está exquisito, te felicito _ expresa Néstor.

_ Gracias, se trata de una ocasión especial por tenerte aquí _ comenta Loreta.

_ Me alagas, gracias _ responde él.

Néstor es un hombre cincuentón, viudo desde hace diez años, de figura alta, no delgado, pero con una graciosa barriguita. Sus hebras de plata cubren por completo la parte superior de su cabeza, de ojos marrones, cejas abundantes, pero bien recortadas al igual que sus limitados y bien cuidados bigotes, su nariz fina por la que pasa el oxígeno a duras penas y su boca de escasos labios en la que se refleja fácilmente su sonrisa; sus orejas en cambio parecen mantener su cabeza entre paréntesis. De fácil expresión, amable y sencillo, trabaja en una compañía como vendedor de seguros desde hace más de veinticinco años, lo que le ha permitido tener una posición estable. Una hembra y un varón son el producto de su difunta esposa.

_ Alcemos nueva vez nuestras copas, quiero brindar no solo por el amor que he encontrado en Loreta, sino también por el calor y el cariño que me brindan al recibirme en este hermoso hogar, tengan por seguro que no las defraudaré, distinguida damas _ manifiesta Néstor.

_ Gracias por ser tan amable_ dicen chocando sus copas.

Al terminar la cena se dirigen a la sala donde comparten un rico café para hacer más agradable la noche.

Son las 9:10, el astro saluda calentando con sus adolescentes rayos la mañana, los pregones dejan escuchar sus voces y el cantar tardío de los gallos llega a todos los vecinos. Milagros se ha pasado toda la noche practicando lo que le dirá a Tony, su desvelo se refleja en su cara, por la ventana lo ve venir, se despide de su abuela y va a su encuentro, un beso en la mejilla.

_ Hola, ¿cómo estás? _ saluda ella.

_ Bien, ¿y tú? _ contesa él.

Un breve silencio de pocos segundos se genera, por todo su cuerpo pasa un escalofrío, pero se contiene y le dice:

_ Me alegra que estés bien y espero que no cambie, pero tengo que decirte algo._

_ Pues no esperes, pero hazlo antes de entrar al autobús si es algo secreto._

_ No, Tony, es que siento que lo nuestro es simplemente una vieja y hermosa amistad, muy preciada, te quiero como a un hermano, pero en realidad no siento amor por ti, me he dado cuenta al conocer a un joven que sin tener nada con él me está haciendo sentir algo diferente, algo que nunca había sentido _ explicó ella sin saber de dónde le salieron esas palabras tan precisas.

_ ¡Qué dices!, ¿hablas en serio?_, pregunta él sorprendido.

_ Sí, en verdad es así, por favor, no te enojes_ responde ella nerviosa y se detiene en la esquina.

_ No lo puedo creer, sabes lo que pienso_ sigue diciendo Tony y la toma por un brazo.

_ Dime _ dice ella llena de temor.

_ Pues que eres una joven valiente por atreverte a decirme esto así, simplemente, ¿cómo piensas tú que yo me siento?_

_ Sé que no es fácil, pero compréndeme _ suplica ella más asustada aún.

_ Sí, te comprendo, pues yo he pasado días muy malos tratando de buscar la forma de cómo decirte lo mismo, y tú me lo dices así de sencillo._

Milagros con sus nervios no entiende lo que Tony le ha dicho, solo está envuelta en un mar de confusión sin saber qué hacer y empieza a sudar.

_ No sabes el peso que me has quitado de encima, pues en realidad no sabía cómo decirte eso sin lastimarte, pero en verdad somos más que amigos, hermanos, pero no novios._

Solo cuando Milagros escucha esas últimas palabras pudo asimilar lo que él le decía.

_ ¿Entonces no estás disgustado conmigo?_

_ Jamás, no podría nunca enojarme contigo y menos cuando me has facilitado las cosas para poder terminar con la mortificación que me agobiaba, de decirte lo mismo que me dijiste._

La abraza y el calor que siente de miedo se fue convirtiendo en un calor de hermandad, quedando fundidos en una profunda emoción que permite que el autobús pase de largo teniendo que esperar el siguiente para lograr trasladarse a sus destinos. Ese tiempo de espera fue un remanso de paz en el que abrazados contaron sus experiencias de preparación para terminar con su relación amorosa que no era nada más que una hermosa relación de hermandad. Llega el autobús que los conducirá hasta el Centro de los Héroes donde se despiden y cada cual sigue hacia su destino universitario. Ambos van alegres, escuchando canciones románticas en sus mentes, están libres para recibir un verdadero amor que llenará sus vidas.

Milagros llega a la universidad y se dirige inmediatamente al área de deportes, al árbol que ahora es su refugio de amor, donde cifra todas sus esperanzas y dará la buena noticia a Daniel. Mira las hojas y los frutos que le adornan, todo es hermoso, pasa media hora y su amado no aparece, pero escucha una voz que le grita:

_ ¡Cuidado!, corra, compañera.

Empiezan a caer bombas lacrimógenas en el campo deportivo lanzadas por la Policía contra una movilización estudiantil que realiza en ese momento y que por ella estar en los brazos de Cupido no había logrado enterarse. Sale disparada siguiendo al joven que la alertó y su primera parada se produce frente al Alma Mater donde toma un segundo aire y sigue caminando rápidamente, parecía maratonista de caminata, haciendo una segunda parada en la avenida Abraham Lincoln donde aborda un vehículo en ruta hacia su casa. Empieza a respirar un poco más lento recuperando la normalidad, trata de organizar sus pensamientos sobre lo que ha pasado y no logra entender realmente qué fue lo que pasó, solo recuerda la voz del joven que le avisó y el estruendo de las bombas al explotar, cuyos gases no pudieron alcanzarla por la velocidad que el miedo aplicó a sus piernas. Solo unos minutos más tarde llega a su parada, se dirige al chofer para pedirle parada, desciende del carro, camina como siempre hacia su casa, llega a la puertecita que permite la entrada al jardín, la abre y entra, se acerca a la puerta de la casa, la abre y ve a su abuela frente a la mesa del teléfono encorvada ante él en su silla de ruedas, inmóvil, como tratando de llamar para pedir ayuda, corre hacia ella, la abraza tratando de incorporarla, pero era inútil, la energía que había mantenido su cuerpo vivo había partido a lo desconocido hacía un momento. Milagros rompe en llanto y quita el teléfono de la mano fría de su abuela, llama a su tía para darle la noticia.

_ Tía, tía, debes venir a casa de inmediato, abuela está muy mal _ dice alterada y nerviosa, pero con el pensamiento en que no debe decirle todo para que no reciba la noticia de repente.

 Sin pensarlo Loreta sale para su casa, mientras Milagros queda abrazando el cuerpo ya frío de su abuela que es bañado por sus lágrimas llenas de verdadero sentimiento. Reflexiona y hace una segunda llamada, esta vez a su padre a quien también le avisa. Minutos más tarde entra Loreta y al ver la escena estalla en llanto y escucha la voz entrecortada de su sobrina que dice "nos dejó", da unos pasos y se agrega al abrazo.

El sol como brasa encendida calienta los cuerpos de los participantes que a su vez son levemente empujados por una brisa caliente que ayuda a fortalecer el grado de calor que se vive en el momento del entierro, el sudor se confunde con las lágrimas, los presentes esperan las palabras con las que Felipe despedirá a su madre. Estas fueron sencillas, pero muy emotivas y llenas de sentimientos que abrazan a quienes le acompañan:

_ No sé hablar mucho, pero ella, la que nos trajo al mundo y hasta ayer nos cuidó, sin importar la edad ni el sacrificio para siempre ayudarnos, su violenta partida nos deja abrumados, pero sabemos que desde donde se encuentre siempre estará con nosotros, guiando nuestros caminos._

Los presentes observan cómo bajaban el féretro, mientras los hermanos se ponen de acuerdo en la leyenda provisional que le pondrán a la lápida que habrá de marcar por siempre el lugar donde yacen sus restos. Una hora más tarde en la casa Loreta, Milagros y Felipe reciben algunos familiares y amigos que desde el cementerio cumplen acompañándolos en tan doloroso momento. Café y algunos bocadillos que una vecina se ocupó de encargar son degustados por los presentes.

 Los sentimientos de dolor de Milagros se pasean por toda la casa como buscando al ser querido que de repente ha partido dejando un enorme vacío en su corazón, Loreta también pasa por el mismo malestar, pero los vecinos tratan de aliviar su sufrimiento.

 Una figura desagradable a la familia se hace visible frente a la puerta de entrada, Milagros no lo puede creer, se enrojece de rabia y busca a Loreta y le comenta:

 _ ¿Estás viendo lo que yo veo en la puerta de entrada?_

Loreta enfoca su mirada hacia el lugar, queda sorprendida y su indignación le hace cambiar de color inmediatamente y se dirige a la puerta, pero con disimulo por los presentes y al estar frente a él le advierte con energía:

_ Bruno, sabes que no eres bienvenido en esta casa, por favor, retírate y no vuelvas jamás._

_ Lo sé, Loreta, sé que he faltado de muchas maneras en esta casa y que tu madre no quería saber de mí, pero estoy aquí para que me perdonen por el mal que les he provocado a todos._

_ Es fácil decirlo para ti, pero piensas en todo lo que vivió mi madre, lo que viví yo con tus engaños, la inocencia que le quitaste a Milagros a la fuerza y lo que será su sufrimiento de por vida. Si simplemente hubieran sido ofensas y engaños, tal vez te perdonamos, pero cómo reparas el daño que le hiciste a Milagros. No, tú no tienes perdón, respeta nuestro dolor y nuestro duelo, lárgate y no regreses jamás _ le ordena Loreta en un tono enérgico.

Algunos de los presentes que están cerca de la puerta de entrada escuchan las últimas palabras de Loreta, por lo que Bruno avergonzado se retira como empujado por las miradas indignadas de aquellos que sin estar al tanto de qué se trataba, sí sabían que había faltado en aquel hogar. Sus pasos eran lentos, pero su pensamiento y la vergüenza iban delante de él, jamás pensó que esto pudiera pasarle, caminó hasta perderse de la vista de los que le observaban, desapareciendo como una estrella fugaz.

Una hora más tarde quedan Loreta y Milagros solas, envueltas en su pena y sin salir del asombro de cuán rápido sucedió todo. Comentan el apoyo y la gran ayuda que les ha brindado Néstor en todo este proceso, no tienen que recoger nada, pues las vecinas se han encargado de limpiar todo, por lo que vencidas por el sueño y el cansancio se dirigen a sus camas a ver si encuentran a Morfeo.

Milagros daba vueltas y vueltas en la cama sin poder encontrar el sueño, la partida de su abuela se había llevado consigo a Morfeo, el intenso calor se une a su insomnio corriéndole el sudor por todo su cuerpo, de repente un ruido la hace levantar de su cama y se desplaza a la habitación de Loreta. Allí está su tía atrapada, amarrada en el espaldar de la cama y tomada a la fuerza por Bruno y con un pañuelo en la boca, Milagros grita desesperada, pero nadie escucha, corre a la cocina por un cuchillo, pero Bruno le da alcance y le dice: "Es tu turno, para que sepa quién soy yo", "ahora te disfrutaré una vez más y verás que nunca me olvidarás, la arrastra hasta su habitación y ella trata de zafarse, logra alcanzar una lámpara para golpearlo pero él logra quitársela, tropiezan y caen al suelo, ella lucha desesperadamente por tratar de liberarse, pero todo es imposible y una vez más él sacia sus ansias en ella, que está rendida y bañada en lágrimas.

_ No llores más _ le pide Loreta despertándola de aquella pesadilla y pensando que llora por su abuela.

_ ¡Dios, qué bueno que me despiertas!, lloraba porque tenía una pesadilla con Bruno y le narra su sueño a la tía que le dice muy segura:

_ No debes preocuparte, ese no nos molestará más._

Tres días han pasado desde que ella esperando a Daniel tuvo que salir corriendo de la universidad y luego llegar a su casa para encontrarse con la horrible escena de su querida abuela. En estos tres días no ha tenido ninguna noticia de él.

_ Hola, buenos días, ¿se encuentra Daniel?_

_ Buen día, él está para la universidad._

_ Ah, bien, por favor, dígale que Milagros le llamó._

_ Se lo diré._

_ Gracias._

Cierra el teléfono y se dirige a su habitación, allí habla con Mariana:

_ ¡Qué raro, no me ha llamado en estos días!, no le ha pasado nada, pues me dijeron que está en la universidad, ¿qué te parece?_

Mariana con sus grandes ojos y mirada fija se queda callada. Milagros continúa: _Quizás estará muy ocupado, bueno ya sabré cuando lo vea en la universidad hoy._ Se arregla para asistir a la academia y por un momento piensa preparar el desayuno a su abuela, pero recuerda que ya no está y su tristeza regresa nueva vez para aguar sus ojos en los que ya son escasas las lágrimas.

En la universidad se sienta debajo del árbol que ya es su sede donde esperará a su amado, pero llega la hora de clases y él no aparece por lo que decide con tristeza irse al aula a recibir su clase, al llegar al pasillo del edificio de frente se topa con su príncipe.

_ ¡Hola, mi amor! _ le saluda ella sorprendida y rebosante de alegría.

_ Hola _ responde él con voz seca y desdén para hacerse el fuerte.

_ ¿Qué te pasa?_

_ Dime tú, pues no me has llamado en estos días _ contesta él.

_ Es que mi abuelita murió de repente y mi tía y yo hemos estado muy ocupadas con la preparación para sepultarla.

_ ¡Oh, lo siento mucho!_

 Le toma la mano y salen a caminar sin recordar que tenían clases en esa hora, le cuenta todo lo que pasó y entre besos y abrazos se pasa toda la mañana sin asistir a ninguna de las clases que les correspondían, era un encuentro de amor. Los días pasan y con ellos las semanas, meses, llegando al primer año la relación se hace más fuerte. Daniel la ha invitado varias veces a consagrar su relación formalmente, ella le ha dado vueltas por miedo a la reacción de este cuando se entere que no es señorita, pero decide contárselo todo.

_ Sabes que te quiero con toda mi alma y que jamás te engañaría, pero he tenido miedo de contarte lo que me pasó por temor a lo que pueda pasar entre nosotros. _

_ Dime de una vez que yo sabré soportar lo que sea _ contesta con intriga, pero con seguridad.

_ Pues yo no soy señorita _ se lo suelta de una vez.

_ ¿Qué dices? O sea que ya has probado con otros y a mí que dices ser tu amor me rechazaste tantas veces _ expresa alterado.

_ No es lo que crees, déjame explicarte_ le dice ella con ansiedad.

 Le revela lo sucedido. Daniel escucha callado y desilusionado, pues quería tener el privilegio de ser el primero, pero también piensa que tiene vía franca y le manifiesta:

_ Lamento todo lo que te ha pasado, pero no te preocupes, todo está bien.

Ella respira con un aire de tranquilidad al ver la comprensión de Daniel y saber que se ha quitado un peso de encima.

_ Entonces ya todo aclarado, ¿podemos ir a un hotel?_

_ Sí, mi amor, hagámoslo_.

Salen del recinto y toman una carrera en un carro público hasta un motel. Ya en él entran a la habitación, Daniel pide una cerveza y empieza a jugar con caricias en el cuerpo de ella que está inmóvil tratando de percibir la nueva forma de sexo, el de forma voluntaria de la que nunca ha tenido oportunidad.

 _ Vamos, mi amor, no te quedes así, disfrútalo _ le pide él.

_ Sí, pero dame tiempo, por favor, ten presente que a pesar de todo es mi primera vez._

_ Lo comprendo, pero relájate._

Así pasa aquella jornada de sexo sin que ella pudiera realmente apreciar el valor de esa relación. En los siguientes encuentros ella va mejorando y poco a poco

superando todas las malas experiencias que marcaron
para siempre su vida.

Milagros iba bien en sus estudios, aquel amor ha venido
a llenar las páginas de sus escritos y le brinda fortaleza
para germinar su inspiración.

Una tarde de abril, mientras caminaba hacia la biblioteca
de la universidad donde realizaría un trabajo que su
profesora le había encomendado, observa una pareja de
enamorados estimulados entre besos y abrazos, piensa en
lo bello que era el amor, simplemente como el que
también ella posee.

_ ¡Daniel, pero qué haces! _ es la expresión que sale de sus
labios al ver la pareja de frente.

Sus lágrimas brotan voluntariamente sin economía y entre
llantos le exige una explicación, mientras la otra joven
trata de mantener a Daniel agarrado y él entre ambas sin
saber qué hacer.

_ ¡Es mi novio! _ dice Milagros.

_ Yo soy su novia _ le refuta su competidora.

Se enfrascan en una discusión que Milagros rápidamente
termina por respeto a ella misma y parte hacia su casa
totalmente desilusionada de su gran y primer amor.

Días y noches enteras pasan sin recuperarse de aquel
terrible episodio de su vida, uno más que añade a la
desgracia en su existencia. Su tía Loreta le da aliento y la
ayuda a recuperarse. Aunque Daniel la busca y la llama por
teléfono ella lo rechaza totalmente. Después de la crisis

mayor de las primeras semanas, sigue avanzando en su carrera. Dos meses después de aquel fatídico encuentro, Daniel la encuentra en aquel árbol donde afirmaron su amor.

_ Hola, ¿cómo estás?_

_ Bien, ¿y tú?_

_ No estoy bien, sé que te fallé, pero necesito que me perdones, eso no volverá a suceder_.

_ Claro que no, porque no te daré la oportunidad para que ocurra de nuevo._

_ Te prometo que seré totalmente fiel _ dice él afligido.

_ Me subiste en un pedestal para luego soltarme desde arriba indefensa, yo que en ti cifré todas mis esperanzas._

Él se queda callado pensando que en realidad le ha hecho un daño terrible y le expone:

_ Es verdad, después de lo que pasaste nunca debí comportarme de esa forma, pero te doy mi palabra de que si me das una la oportunidad siempre seré solamente tuyo._

Ella escucha con atención y con el deseo de creerle, pero aún tiene sus dudas y le sorprende al revelarle:

_ Espero que al menos sepas como hombre responder por la criatura que viene en camino._

_ ¿Qué?, ¡vamos a tener un hijo!_

_ No, yo tendré un hijo, tú solo serás el padre para que él tenga un apellido, pero más nada._

_ No puede ser, te juro que seré el mejor padre de la Tierra, que lucharé por él cada momento de mi vida._

_ Eso espero, pues podrás verlo cada fin de semana._

_ Tienes que perdonarme._

_ Solo el tiempo lo dirá, ahora tengo clases _ responde ella.

 Milagros se pone de pie y camina hacia la Facultad de Humanidades. Daniel le sigue a su lado externando toda palabra posible para tratar de lograr el perdón y aunque ella desea con toda su alma perdonarlo y saciarlo de besos, disimula haciéndose la fuerte para ponerle la cosa difícil y no se repitiera otra traición.

 Milagros queda embarazada durante una de las pocas tardes que compartieron sus cuerpos y se involucraron en ejercicios eróticos, apasionados y sublimes. Ella ya sabía disfrutar de esos momentos a plenitud, superando en parte la desgracia con que Bruno adornó su vida.

 _ Te veo después de clase _ le promete él con la esperanza de que ella deje de ignorarlo._

La respuesta fue simplemente un encogimiento de hombros, como ignorando el mayor deseo de que la esperara a la salida. Esa hora de clase dura una eternidad, ella escucha la voz de la profesora como entre sueños, su cuerpo está en la butaca, pero su mente sale a pasear con su amado y la criatura por venir a una feria.

_ Joven, estamos recogiendo los trabajos, ¿trajo el suyo? _ le llama con tono alto la profesora e interrumpiendo su fantasía.

_ Sí, profe, aquí está _ responde ella después de un espanto.

_ ¿Se siente bien?_

_ Sí, profesora, solo que me llegó un pensamiento de mi padre._

_ Bueno, pues continuemos._

De esa manera sigue la clase hasta que ella visualiza la figura de Daniel en la puerta del aula, en ese momento supo que la clase había terminado, pero se queda sentada como haciendo algo mientras todos salen, solo para mortificarle más aún. Entretanto él se preguntaba "¿Pero es que no va a salir?".

Ella recoge sus cosas y se levanta del asiento, sale del aula y le pasa por el lado como si no lo viera, él camina junto a ella mortificado y tratando de escuchar alguna palabra de esperanza.

_ Mi amor, ¿te llevo los libros?_

_ No, gracias _

Y sigue caminando, él le echa el brazo sobre sus hombros, ella se emociona en su interior, pero lo rechaza quitándoselo y diciéndole:

_ Ve a echarle el brazo a tu novia._

Sus palabras salieron con todo el dolor de su alma, pensando también que si era demasiado dura lo podía perder. Daniel sigue a su lado en todo el trayecto disculpándose de mil maneras e implorando su perdón, cada vez que ella mira a sus ojos siente el enorme deseo de besarlo y abrazarlo, pero se contiene haciéndolo sufrir cada vez más.

Él la espera y le acompaña siempre, de clase a clase, de la universidad a su casa, ella dura como piedra por fuera, pero con inmenso deseo de tenerlo. En un momento que se dirige a la biblioteca de la Facultad de Humanidades le pasa de frente quien de un golpe destrozó su vida en un solo instante y trata de evadirla para no volver a discutir.

_ Espera _ le pide la desconocida.

Milagros se detiene sin mirarle.

_ Deseo hablar contigo._

_ Puedes quedarte con él, desde ese día nosotros terminamos._ Fue una respuesta rápida y firme que le ruboriza.

_ No, por el contrario, debo aclarar realmente esto. Por favor, déjame explicarte._

_ Mira, realmente todo lo que te dije ese día no es verdad, lo hice por tu reacción. La verdad es que yo utilicé a Daniel para darle celos a mi novio que estaba frente a la biblioteca y estábamos peleados, pero en realidad nosotros no teníamos ni tenemos nada. Daniel es un buen muchacho y te quiere porque me habla mucho de ti, así que debes perdonarlo porque sé que tú también lo quieres y no es justo que estén disgustados por mi culpa._

Milagros queda sorprendida y no sabe qué hacer. La desconocida se identifica:

_ Yo soy Mariana y esa es toda la verdad, tú sabrás qué hacer, pero si en realidad le quieres debes perdonarle y ser felices._

Luego de esas palabras Marina inicia su caminar para alejarse de la facultad.

_ Espera, te creo y me haces muy feliz, lo perdonaré y por demás quisiera ser tu amiga si me lo permites _ dice Milagros con voz tenue.

_ De acuerdo _ contesta Mariana con alegría.

_ Además te llamas como mi mejor amiga_ dice Milagros, pero no le revela que es una muñeca.

_ Pues, espero igualarla y conocerla, así seremos dos._

_ Algún día será _ responde Milagros.

Ambas caminan juntas conversando y dejan atrás todo aquel disgusto y de repente Milagros expresa:

_ ¡Mi madre!, tengo que regresar, iba para la biblioteca a buscar unos datos para un trabajo, anótame tu número y te llamo luego_

De esa manera termina aquel encuentro casual, pero sumamente fructífero que vino a acelerar el perdón para Daniel y la felicidad de ambos._

_ Hola, mi amor_ saluda Milagros a su llegada al árbol del campus universitario.

 Daniel queda sorprendido al escuchar esas palabras precisamente en el lugar donde ambos confirmaron su amor.

_ ¡Hola, mi reina!, ¿cómo te sientes hoy? _ responde.

 Ella se acerca y le estampa un jugoso beso, Daniel queda como idiotizado.

_ Bien_.

_ ¿Y tú?_

_ Muy bien._

_ ¡Por fin me perdonas! _

_ Sí, te perdono amor mío, pero nunca se te ocurra engañarme, porque jamás habrá perdón. _

_ Te lo prometo, mi vida _ dice Daniel casi arrodillado.

Luego la abraza y desliza sus manos a la cintura. Caminan juntos por todo el campo conversando y recuperando las cosas bellas que perdieron en el lapso que no estuvieron juntos. Más tarde salen a compartir sus caricias desenfrenadamente con pasión y locura controlada que hace su día sumamente agradable y los trae de nuevo al pleno amor.

También coordinan planes para conformar un hogar donde la familia disfrute de la vida a plenitud. Deciden hablar con Loreta con la finalidad de que les permitiera vivir en la casa, lo cual resultó positivo. Ya Daniel tiene un trabajo y algunos ahorros por lo que acuerdan casarse de forma modesta y en familia. Su tía y ella dos semanas antes habían ido a hablar con sus padres para ponerles al tanto de la situación. Primero conversaron con Dominga, que como madre y conocedora de su calvario podía ir creando el ambiente y luego todos reunidos darían la noticia del embarazo. En realidad, los únicos que no lo sabían eran el padre y el hermano. Preparado el escenario, reunidos en la sala, Loreta dice:

_ Mira, Felipe, lo primero que quiero es que no te alteres.

_ No me digas más, esta metió la pata, yo sabía que esto me iba a pasar y tú qué bien la cuidaste _ dice Felipe molesto.

_ Un momento, Milagros es una joven muy responsable, cualquiera como joven puede dejarse llevar por la pasión en un momento determinado, pero eso no quiere decir absolutamente nada, ella está muy bien en sus estudios y el periódico le paga por sus artículos semanales, lo que debes es estar orgulloso de ella _ le aclara Loreta.

_ No sé, ella se puso de puta, ahora que resuelva su problema, conmigo que no cuente._

Felipe arroja un plato que había en una mesita de la sala. En ese momento Dominga, la madre de Milagros, se para de frente a su esposo y le advierte:

_! Pues yo la apoyo totalmente, es nuestra hija y jamás la abandonaré!.

 Expresó esas palabras sin saber de dónde las sacó, ni el coraje y la valentía que nunca había mostrado.

_ No hay nada que hablar _ decreta Felipe y abandona la sala.

Entretanto los orificios oculares de Milagros permiten salir el torrente de lágrimas que baña todo su cuerpo.

_ No te preocupes, todo saldrá bien, ya verás cómo él será el que más quiera la criatura que viene _ le dice la madre tratando de darle ánimo.

La abraza y luego se sienta con ella en el sofá. Conversan un largo tiempo, la madre pregunta por el padre del niño y Milagros le dio los detalles apoyada por su tía, quien se había hecho cómplice de la situación.

El padre jamás tomaría una llamada de su única hija, queda frustrado por su comportamiento ante la sociedad y ante sus amigos, sobre todo los del barrio y de su trabajo. Estaba avergonzado, pues en esa época el embarazo sin boda era casi una ofensa, un desprestigio para los padres.

Transcurren los días y se hacen visibles en la familia los preparativos para la boda a la que solo asistirán su madre y su hermano Andrés, Josefina y Freddy con sus hijos Freddyn y Rolando, su tía Loreta, los padres y el hermano de Daniel, Néstor el novio de Loreta y muy contados amigos, entre ellos lógicamente Tony. La boda está programada para realizase por lo civil en el juzgado de paz correspondiente. Milagros ilusionada con ese acontecimiento importante en su vida, pero llena del dolor que provoca la ausencia de un padre incomprensivo.

_ Buenos días, Milagros _ saluda Freddy al abrir la puerta.

_ La bendición tío _ responde dándole un beso en la mejilla.

_ Dios te bendiga _ contesta él mientras ella pasa.

_ ¿Y tía?_

_ Está en la cocina, ¿cómo has estado? _

_ Más o menos, tío _ responde ella caminando hacia la cocina, mientras Freddy se sienta a leer el periódico en la sala.

_ Hola, tía _ le saluda a la vez que le da un beso al igual que lo hizo con su tío.

_ ¡Qué perdida estás!, ¿cómo van los preparativos para la boda?_

_ Bien, no hay mucho que preparar, recuerdas que es algo íntimo_.

_ Claro, pero siempre hay ajetreo por más sencilla que sea_.

_ Sí, precisamente a eso vengo, quiero que tío sea mi padrino, ya que mi padre no lo será. ¿Crees que pueda?_

_ Seguro que sí, eres la hija que no tuvimos, vamos a la sala para que le digas._

_ Freddy, deja ese periódico que Milagros quiere preguntarte algo_ le reclama Josefina.

 Las dos se colocan ante él.

_ Adelante, estoy disponible _ dice él al tiempo de doblar el periódico.

_ ¿Me harías el honor de ser mi padrino en la boda, puesto que mi padre no irá?

_ Déjame pensarlo para decirte que sí_ responde Freddy.

 Da un paso hacia adelante y la abraza.

 _ Sabes que eso para mí es un honor_.

 _ Gracias, tío y padrino._

 _ Siempre, sabes que puedes contar con nosotros todo el tiempo._

Luego conversan sobre algunas cosas y los planes que ella y su futuro esposo tienen. Una hora más tarde ella se dirige a la universidad donde tiene dos clases importantes. Al finalizar se junta con Daniel y parten a la casa que ahora es su nido de amor.

Una mañana esplendorosa del sábado Loreta prepara la sala para recibir las personas que participarán en la boda, una mesa pequeña donde se firmará el acta con la que sellarán oficialmente su compromiso, a ambos lados dos hermosos buqués de flores que perfuman el ambiente. El reloj marca las 10:45, el evento está pautado para las 11:00 en punto, en la mesa un bufé sencillo, pero esmeradamente preparado que le obsequió el director del periódico donde ella plasma sus artículos semanales. Faltando cinco minutos para las 11:00 llega el juez, quien es recibido por Néstor, mientras Loreta termina de arreglar a Milagros, quienes están en la casa de una vecina porque según la tradición, el novio no puede ver la novia antes de la boda. Él espera frente a la mesita con su madre y la mayoría de los invitados ya están presentes.

_ Vamos, es hora, nos pararemos en la galería y luego entramos con el padrino _ le instruye Loreta.

_ Pues vamos _ responde Milagros feliz y triste a la vez, vestida con un sencillo pero hermoso traje que decora todo su divino y preñado cuerpo de esperanza y amor.

 Se detienen en la galería a esperas de Freddy su tío y padrino, quien aún no ha llegado. El reloj marca las 11:05, el juez llama su atención desde el fondo de la sala al preguntar:

_ ¿Estamos listos?

_ Si, lo estamos _ contesta el padrino, quien está colocado detrás de Milagros.

Este le da un beso a la novia que cuando vira su cabeza para verlo queda totalmente sorprendida y emocionada al contemplar a su padre que le abraza y le besa diciéndole:

_ Me dio rabia lo pasado, pero no puedo perderme la boda de mi única hija, perdóname._

_ ¡Claro, padre, me haces inmensamente feliz! _

_ Tengo que pedir disculpa a tío Freddy, pues le había solicitado que fuera mi padrino _ dice ella a su padre.

_ No te preocupes por eso, él fue quien me hizo ver la realidad._

_ Ellos siempre haciendo cosas por mí, les agradezco tanto _ comenta ella.

Caminan juntos hasta él entregarle la novia al prometido con lo cual se inicia la ceremonia nupcial. Las emociones no se hicieron esperar, las palabras tradicionales, la firma de los padrinos y testigos. En fin, lo usual.

La celebración de la boda continúa con las felicitaciones de los presentes y luego con el sabroso bufé. Algunos de los presentes felicitan y entregan sus regalos a los recién casados. El ragalo de sus tíos Freddy y Josefina es especial, consiste en la luna de miel en un hotel del este con todo incluido, así como el regalo de su padre, un escrito donde se compromete con la cuna y los pañales del primer año del bebé. Todos están felices. Dominga su madre está súper feliz porque Freddy le hizo ver la realidad a Felipe de que no importa lo que la gente diga, lo importante es el apoyo a la familia cuando lo necesita, siempre y cuando ese error no se convierta en costumbre y sí sea una experiencia de aprendizaje para la continuación de su vida. La boda transcurre en un ambiente que invitaba a continuar en la casa, pero el avance del tiempo paulatinamente fue estimulando a los invitados a abandonarla, quedando solo en ella Néstor, Loreta, Felipe, su esposa e hijo, Freddy el tío y su familia y los novios, que disfrutaron por hora y media más, intercambiaron recuerdos, entre ellos el de su querida abuela.

_ No saben cuánto me hubiese gustado que ella estuviera aquí compartiendo este momento, ella que tanto se preocupaba por mí, por todos en realidad _ comenta Milagros un poco triste.

_ En realidad lo está donde quiera que esté _ dice su padre.

Una brisa fresca entra por la ventana, como si fuera música hace danzar las largas cortinas doradas que salen por las escaleras que dan a la habitación, la fragancia cálida del mar acaricia los dos cuerpos unidos y exhaustos de buen sexo que han disfrutado a plenitud durante toda la noche y sin pedir permiso a la criatura que ha de venir, el timbre del teléfono los despierta.

_ ¡Despierten, despierten y bajen lo más aprisa posible, se acerca un huracán!

Se levantan rápidamente, a medias se cepillan, se visten rápidamente y bajan al salón principal del hotel, allí se encuentra la mayoría de los huéspedes con los que comparten impresión y expectativas de la situación. Dos horas más tarde y después de un ligero refrigerio que por cortesía les brindó el hotel, se da por terminada la alerta, ya que el fenómeno atmosférico se desvió pasando lejos de la costa de Puerto Plata, ciudad sede de su luna de miel, que fue el regalo de sus tíos Freddy y Josefina. A partir de ese momento todo volvió a ser hermosa luna de miel a la que solo le quedaban dos días para terminar.

_ ¡Puja, puja, puja! _ clama la enfermera mientras trata en vano de sacar al niño. Los gritos por el esfuerzo realizado no cesan, la desesperación se adueñaba de todos en la sala de parto, la sangre corre intensamente.

_ Más gaza pronto_.

Daniel se desmaya ante la dramática escena, los médicos y las enfermeras siguen arduamente su labor.

_ Oxígeno, más gaza, la hemorragia no quiere ceder, perdimos la criatura _ expresa el doctor con desesperación y tristeza.

 Un no que estremece la sala y todo el hospital lo protagoniza Milagros cuando escucha aquellas palabras.

_ ¡Debes calmarte, despierta Milagros! _ grita Daniel un poco asustado.

Ella abre los ojos aún temerosa de todo aquello que fue tan real, miraba a su derredor mientras abraza a Daniel, respira profundo, se recupera, piensa y dice:

_ ¿Y si es un aviso de lo que va a pasar? _ pregunta llorando.

_ No, es simplemente una pesadilla como cualquier otra, no temas, cuántas veces has tenido pesadillas y no pasan en la vida real, tranquilízate _ comenta él todavía asustado.

El abrazo se hace más fuerte e intenso y el calor de sus cuerpos recupera la estabilidad nuevamente. Se levantan, ella prepara el desayuno como lo hace todas las mañanas, Loreta les da los buenos días, se sienta en la mesa y pregunta:

_ ¿Tuviste una pesadilla?, ¿verdad?

_ Sí, muy fea con el niño _ contesta Milagros.

_ Tranquila, tu niño está bien y no debes preocuparte_ dice su tía tratando de calmarla.

Degustan yuca con huevos fritos y jugo de naranja, luego Loreta parte hacia su trabajo y ellos a la universidad a reanudar sus estudios después de su luna de miel.

Tanto Milagros como Daniel avanzan en sus carreras, ella sigue escribiendo semanalmente para el periódico de la ciudad y sus poemas y cuentos son cada vez más aceptados por los lectores y provocan buenas críticas de los expertos. Daniel por su parte la emprende como vendedor de seguros, en esta actividad demuestra sus habilidades y gana varios premios, mientras que ella es la recepcionista de un laboratorio médico bien acreditado en el país, lo que les permite una vida holgada y una buena preparación para la criatura que ha de venir.

La tarde encuentra sus últimas pinceladas, la ausencia de color va permitiendo la entrada de la noche, las gallinas encuentran su palo preferido para esperar el próximo día, Loreta ve su novela favorita cuando escucha la voz de Milagros que le llama para enseñarle una bata de maternidad que le regalaron.

_ ¡Qué hermosa!, es muy fina, ¿quién te la regaló? _ pregunta Loreta.

_ Tony me la obsequió, él siempre tan atento.

_ Está muy bella y te queda muy bien_ afirma la tía.

_ Pues será para el próximo embarazo, porque lo que es este ya termina _ le manifiesta milagros.

Siente el líquido que fluye entre sus piernas, lo cual conoce por referencia y por lo leído, pero que le pone tan nerviosa como a la inexperta tía, quien jamás ha pasado semejante experiencia.

_ Toma el teléfono y llama a la oficina de Daniel _ le pide Milagros a la tía.

_ Ojalá no ande trabajando en la calle _ añade Milagros.

Esta lo hace rápidamente, él no se encuentra, pero le dejan el mensaje para informarle que tan pronto llegue llame a la casa.

 Loreta también llama a Néstor:

_ Hola, mi amor, perdona que te moleste, pero Milagros está de parto y no encontramos a Daniel_.

_ No es molestia, es una ocasión especial, ¿cómo está ella?_

_ Ya rompió fuente._

_ Salgo en seguida _ dice y cierra la llamada.

 Solo unos minutos más tarde llega a la casa, ellas que están a la espera se montan en el carro y salen para la clínica. En la pequeña sala de la clínica la espera se hace interminable. Loreta llama a la casa de Daniel y al trabajo, pero sigue sin poder comunicarse con él. Néstor trata de calmar a Loreta, le dice que todo saldrá bien, pero la tardanza también a él le preocupa. Sale una enfermera de la sala de cirugías caminando aceleradamente y en pocos minutos regresa a la misma velocidad con varias pintas de sangre, lo que pone mucho más nerviosos a Loreta y

Néstor, quienes tratan de hablar con ella inútilmente. Se paran, se sientan, observan una pintura que a la llegada le parecía bonita, pero que con el paso del tiempo se le torna monótona. En la sala además del cuadro hay un gran tarro con una palma y a su lado el ventanal que da a la calle desde donde se puede visualizar el abundante y bulloso tránsito.

_ ¿Puedes investigar cómo va todo? _ le pregunta la tía a la enfermera que está sentada en una pequeña estación.

_ Tranquilícese que pronto todo sabremos _ contesta la enfermera sin tener ninguna información de lo que pasa.

Sigue la agonía, Néstor abraza a Loreta y trata de consolarla nueva vez, ya han pasado cuarenta y cinco minutos más que parecen horas, en eso sale nueva vez corriendo la enfermera y regresa a la velocidad de un rayo con más sangre y unos medicamentos, lo que no les permite acceder a preguntar sobre lo que pasa. Pero Loreta se deteriora y su novio ya no sabe cómo consolarla, por lo que va a la estación de enfermeras otra vez y le dice a la de turno:

_ Disculpe, pero tenemos cuatro horas y media esperando para saber del parto de mi sobrina y creo que es demasiado tiempo.

_ ¡Parto!, no, la sala de partos está en el otro lado, pensé que esperaban por el joven que está en cirugía por haber sido herido de bala. Den vuelta en el pasillo y al final está la sala de parto.

Salen rápidamente para allá y al llegar le preguntan a una enfermera, esta vez una más amable:

_ Déjenme verificar y le informo de inmediato._

Revisa su carpeta y encuentra la información._

_ Sí, ella hace como tres horas dio a luz, todo salió bien, solo extraña que sus familiares que la trajeron no los ha vuelto a ver._

_ Es que estábamos frente a cirugía pensando que era la sala de partos._

_ Con razón, ella está en la habitación 212, síganme._

Entran a la habitación y allí está Milagros con el nuevo ser, medio dormida pero bien.

_ Hola _ saluda Loreta que corre a abrazarla.

_ No sabes qué angustia y desesperación hemos pasado.

 Cuenta lo sucedido. Luego dice con asombro:

_ ¡Qué hermoso niño, igualito a su madre!_

_ ¿Tú crees?_

_ Sí _ corrobora Néstor inclinándose y dándole un beso en la mejilla.

_ Gracias, en realidad todo fue rápido y natural._

_ ¿Cómo te sientes?_

_ Un poco adolorida, pero la doctora dice que eso es normal._

_ Es lo normal despúes de un parto_ comenta Loreta como si ella hubiera pasado por esa experiencia.

_ Y Daniel, ¿ya lo vio? _ aún no hemos podido comunicarnos con él.

_ Ese trabajo en la calle es fuerte con el sol tan caliente._

_ Sin dudas _ responde Néstor que en realidad sí siente desconfianza de Daniel.

Cuando la tarde empieza su festival de matices aparece Daniel frente a la puerta de la habitación.

_ Hola, mi amor _ saluda acercándose a la cama.

Le da un beso y le obsequia un ramito de flores que a duras penas consiguió en un supermercado y cuya existencia estaba marcada por la tristeza debido al deterioro que poseía.

_ Hola, amor mío, ¿cómo pasaste tu día?_

_ Bien ajetreado, ya sabes, en la calle buscándomela, ¿y el niño?_

_ Muy bien, está en la sala de recién nacidos, debes ir a verlo._

_ Iré ahora mismo, ¿tú estás bien? _

_ Mucho mejor ahora que estás conmigo._

_ Regreso enseguida _ asegura y sale de la habitación para ir a ver el niño.

_ Mirando a través del vidrio _ exclama:

_ ¡Ese es mi hijo!_

_ No _ dice otro joven que se encuentra a su lado.

_ Ese es el mío, el suyo será el otro _ afirma.

Solo había dos niños en la habitación.

_ ¡Oh, me equivoqué!, mucho gusto, mi nombre es Daniel._

_ El gusto es mío, mi nombre es Nelson._

_ ¿Es su primero? _ pregunta a Daniel.

_ Sí._

_ Prepárate a no dormir._

_ ¿El tuyo también es el primero? _ pregunta Daniel.

_ No, ya tengo una hembrita de dos años._

_ Ah, pues hablas con experiencia._

_ Así es._

En el transcurso de la conversación se llevan el niño a la habitación, Daniel se despide y se dirige a conocer su hijo de cerca, al llegar se encuentra con el padre de Milagros que tiene el niño cargado y sentado en un sillón que se encuentra colocado en un rincón. No se atreve a pedirle que le permita cargarlo, pero el abuelo gentilmente decide entregándoselo.

_ Daniel, conoce a tu hijo.

Rápidamente él da tres pasos para tomarle con delicadeza y el temor de la inexperiencia, lo carga agarrándole la cabecita como había practicado con una muñeca. Queda impresionado al sentir el calor de aquella criatura nacida de un momento de pleno amor, le parece increíble.

_ ¡Igualito a su madre, aunque tiene tus ojos! _ dice la madre de Milagros.

_ Sí, es verdad _ interviene Daniel para apoyar lo dicho por su suegra.

 De esa manera transcurre el primer día de padres de la pareja, ella será dada de alta al día siguiente por no haber complicaciones. El padre se dirige a la casa para ver que todo esté bien en la habitación, pero Loreta tiene todo bajo control.

 Las 10:30 de la mañana, hora en que oficialmente hace su entrada el nuevo miembro de la familia cargado por la tía Loreta, Daniel ayuda a Milagros tomada del brazo y con el bulto, es el momento en que se inicia una nueva etapa de la vida para el hogar.

 Todo es maravilla, el niño come y duerme a todo dar, pero en la noche se vive la nueva experiencia, aquella que necesita paciencia, amor y cordura, son los gritos del niño que desea ser alimentado; Milagros se levanta y le atiende con amor dándole una de las lunas de su pecho, Daniel hace una primera parada en su sueño y se envuelve nueva vez con la sábana y trata de recuperar el tiempo sin dormir. Un indeseable ruido lo despierta, es el reloj despertador que le da la bienvenida al nuevo día, a partir de ese momento se convierte en uno de los ruidos más indeseables de su vida. Mientras Milagros ha tenido que despertar cada dos horas para brindarle los cuidados requeridos por su hijo. Esta será una rutina que habrá de continuar los primeros meses del ángel que ha llegado a sus vidas y la misma trae consigo algunos pequeños disgustos entre la joven pareja. Loreta se convierte en la tía consentidora y se hace presente cada vez que tiene la oportunidad de ayudar no solo con el niño, sino también con las tareas de la casa que ahora se reparten entre ellas.

Los días pasan y con ellos los procesos naturales del ciclo de crecimiento, el niño gatea, burbujea, le empieza a florecer su boca con los que en el mañana serán los devoradores de alimentos, la fiebrecita, las diarreas y vómitos hasta llegar a los primeros pasos.

Néstor se convierte en un apoyo importante en la casa, su relación avanza de manera tal que pasa más tiempo con ellos que con sus propios hijos, toma un papel como de tutor y orientador junto con su amada Loreta, lo que beneficia sustancialmente a los nuevos padres. Por su parte, Daniel deja sus estudios con la excusa de trabajar más para cubrir los distintos gastos que se generan con el niño y su nueva vida de casado. Milagros avanza con gran sacrificio para terminar las tres materias que le faltan para obtener su título universitario.

Los días van convirtiéndose en meses, el desarrollo de la familia va creciendo en armonía junto a Loreta y su novio Néstor, el niño sigue creciendo con salud, solo afectado por la gripecita habitual y los dolores de los dientes que se asoman para devorar la vida misma. A pesar de que lo que ambos ganan les permite mantener una vida holgada, ha sido imposible para ellos adquirir un automóvil que facilite desarrollar una actividad más ágil y por lo tanto más productiva.

Una ligera llovizna se cierne sobre el candente pavimento del que sale un vapor intenso provocando un calor insoportable. En el Aula Magna todo está listo para envestir los nuevos profesionales en las diferentes áreas del saber. Las 4:00 de la tarde, la Banda de Música de la UASD inicia el desfile seguida de los jóvenes que en ese día cambiarán su estatus de estudiantes a profesionales. Entre ellos está Milagros acompañada orgullosamente por su esposo como padrino, sus padres y hermano les esperan junto a las personas que asisten al importante evento, mientras Loreta se queda en la casa cuidando el niño, pero su mente está con su sobrina, a la que se ha unido de una manera increíble, haciéndola una de las partes más importantes de su vida, quizás por enmendar el daño que en el pasado le ocasionó o simplemente por haber ido sintiendo más afectos por ella.

Fotos en diferentes áreas de la institución con sus familiares como actores y algunos de sus compañeros con quienes compartió las diferentes aulas y momentos que le permitieron llegar a este esperado día. Su diploma, una joya preciada que testimonia más allá de su vida el extraordinario esfuerzo realizado para ingresar a su intelecto todos los conocimientos adquiridos en la academia.

Llegan a la casa y su tía se lanza sobre ella para darle un abrazo, al tener el niño en brazo, este queda como el relleno de un emparedado entre sus cuerpos y solo su cabecita sobresale para expulsar algunos gritos que lo unen a la emoción, Milagros entonces lo carga y lo abraza con fuerza, pero sin hacerle daño, como para hacerle sentir la emoción de el gran logro que acaba de obtener en su vida. Su padre le interrumpe su abrazo maternal para darle uno paternal a ella y con él un regalo, esta le pasa el niño y se dispone a abrir su regalo, desenvuelve el papel rosa con bordes dorados que arropan la pequeña caja rectangular y en su interior encuentra un hermoso bolígrafo color vino y dorado con su nombre grabado.

_ Gracias padre, lo conservaré toda la vida._

_ Siempre, con él firmarás los autógrafos que te pedirán por tus libros._

_ Que así sea._

 Es el turno de la madre que se acerca y la abraza entregándole un hermoso portafolio de piel negra, poseedor de dos libretas de diferentes tamaños, una calculadora pequeña y un bolígrafo.

_ Esto es para que escribas tus notas, te quiero mucho, hija._

_Yo también, madre _ responde dándole un abrazo._

_ ¡Un momento!, ahora me toca a mí _ vocifera su hermano, aparta a la madre y da un abrazo a su hermana._

_ Mi regalo no lo pude traer _ expresa él con tristeza.

_ No importa, no es necesario, el mejor regalo es que estés conmigo _ le manifiesta ella.

_ No, es que no lo pude traer por pesado, pero en este sobre está la factura de pago de la computadora que te han de traer mañana a primera hora._

_ Gracias, pero no tenías que hacer esa inversión, sé lo que cuesta, es muy cara.

_ Es un placer, no todos los días se gradúa una hermana y menos tan inteligente y buena como tú._

_ Pasen a comer _ interrumpió Loreta, terminando con el fuerte abrazo que los unía.

La mesa adornada por un hermoso mantel verde esmeralda con encaje en los bordes, sobre ella una olla de sabrosos repollos rellenos, fritos verdes, ensalada rusa y vino tinto para brindar en la importante ocasión.

La vida de Milagros tiene diferentes tonalidades de colores entre amaneceres y atardeceres que la han ido forjando en una mujer de hogar, de trabajo y de letras. Aunque ella se ve igual día por día frente al espejo, el reloj deja ver sus cambios de joven a mujer, pero sin afectar la belleza y gracia que la adornan.

Daniel llega con el pastel y un regalo para el cumpleaños de su primogénito. Ha pasado un año desde aquel glorioso día que trajo consigo un nuevo amor a su vida. Al agasajo pequeño, pero lleno de amor y alegría asisten los abuelos y su tío, así como algunos niños y adultos amigos de los padres.

_ ¡Qué pronto pasa el tiempo! _ exclama Daniel.

_ Así es, he visto de la noche a la mañana a mi niña convertida en mujer _ dice Felipe.

_ Las fotos con los abuelos, vengan_ ordena Milagros.

Luego, como es costumbre, siguen las diferentes fotos con los invitados y el bizcocho que vendrán a refrescar con los años aquel acontecimiento triunfante de la llegada del primer ciclo vida de la criatura. Danielito, diminutivo del nombre del padre y que también se le ha asignado a él, disfruta de los regalos, pero siempre atraído por los más sencillos como suele suceder, aquellos que él puede manipular con sus manos. Después de agotarse por el juego y por el pase de mano en mano, la lluvia de besos y abrazos de los presentes, Danielito es llevado en brazos de su madre hasta la cuna, donde rendirá tributo al descanso.

Nueva vez el cielo permite la luz para dar paso a la mañana, el despertador humano suena al crujir las tripas del niño a las 6:00 en punto reclamando su sustento, es la hora de levantarse, las diferentes tonalidades de verdes adornan los árboles, los pregones comienzan a aparecer y se escuchan sus atractivas ofertas. Milagros da un beso a su marido y se levanta para cumplir con la solicitud de su niño, saciar su hambre. Se inicia un día maravilloso, prepara el desayuno para Loreta, su esposo y ella, luego se dispone a cambiar a quien el padre llevará a la estancia infantil. Todos parten a sus respectivas faenas para converger en la tarde en el hogar. De esa manera van pasando los días con una u otra variable que hacen la diferencia.

_ Buenos días, Milagros _ saluda con voz irritante su jefe en el laboratorio donde trabaja, quien sigue de largo hacia su oficina.

_ Buenos días _ responde ella sorprendida y cuestionándose sobre qué le pasará.

Minutos más tarde por el intercomunicador el jefe le solicita pasar a su oficina. Ella piensa "¿qué habrá pasado?" y se cuestiona si habrá hecho algo mal, pero sin perder tiempo y nerviosa se presenta frente al escritorio de su jefe.

_ Dígame, don Leonardo.

_ Hace semanas que vengo observándola, está usted llegando tarde y como si fuera poco los pedidos los está preparando con retraso y a veces incompletos, por lo que me veo en la obligación de prescindir de sus servicios para que se dedique a su familia o a lo que sea esté haciendo _ le informa él esta desagradable decisión para ella.

Milagros más nerviosa aún le suplica:

_ Don Leonardo, discúlpeme, no ha sido a propósito, le prometo que no volverá a pasar.

_ Ya es tarde, contraté la joven que debe estar en su escritorio, entréguele todo y puede irse, le haremos llegar su cheque con el descuento por las pérdidas ocasionadas por su negligencia.

En ese momento siente que le pasan la mano por la cabeza y escucha la voz de Loreta que le dice:

_ Despierta, estás sudando, otra vez con pesadilla, el escritorio es para trabajar, no para dormir.

_ Gracias a Dios es una pesadilla, ¡qué mal la pasé! Escribía mi artículo para el periódico y me quedé dormida, es que pasé mala noche con el niño, pero gracias por despertarme, había perdido mi trabajo _ comenta al volver la realidad.

_ Pues ven a cenar, ya acosté al niño.

Se levanta y le da un abrazo a su tía en señal de agradecimiento y se dispone a comer, en ese instante entra Daniel y ambos disfrutaron de la cena preparada por Loreta.

Al día siguiente la rutina diaria, el niño a su lugar de aprendizaje y cada cual a su compromiso laboral. Milagros llega a la oficina y está haciendo su trabajo habitual cuando de repente llega el jefe:

_ Buenos días _ saluda con la misma voz irritante, lo que inmediatamente la pone nerviosa.

_ ¿Es una premonición, Dios?, pero sé que no he hecho nada incorrecto _ se responde ella misma.

Es simple coincidencia, en minutos teje mil cosas en su cabeza que son interrumpidas por la voz del jefe que le ordena por el intercomunicador:

_ Milagros, venga por favor.

Ella se levanta de su asiento, se dirige al despacho del jefe y toca la puerta.

_ Pase y siéntese.

_ Usted luce preocupada hoy, ¿qué le pasa?, pues ni contestó mi saludo esta mañana.

_ Es que no dormí bien, señor _ le aclara ella.

_ Bueno, pues la llamé porque la he estado observando y considero que usted tiene muchas aptitudes para ser representante de la compañía, lo cual mejorará su sueldo sustancialmente y a la vez le permitirá escribir un libro, porque sigo sus escritos que me gustan mucho y me imagino que debe estar en eso, pero no tiene el tiempo suficiente, ¿es así? _ .

Milagros inmóvil y asombrada le mira fijamente.

_ ¿Está usted bien?_

_ Sí, es solo que usted me ha sorprendido y es tal y como usted piensa _ contesta ella emocionada después de salir del susto hacia la alegría.

_ Pues prepare todo, traeremos una persona que la sustituya y usted manos a la obra._

_ Muchas gracias, señor Leonardo, se lo agradezco mucho_.

En verdad hacía tres años que trataba de escribir una novela, pero tenía más de un año que no le ponía la mano, pues el tiempo no se lo permitía, de manera que en realidad la oportunidad que le presentó don Leonardo le haría mucho bien.

La oscuridad corría despavorida mientras la escasa luna escapaba con ella, espesas tonalidades de nubes grises se apoderaban del escenario evitando que el astro luz vertiera sus poderosos rayos para aclarar el día. Loreta se levanta atraída por el penetrante olor a café que viene de la cocina y que ha preparado como de costumbre Milagros, que es siempre la primera en lanzarse a deleitar el nuevo día.

_ Buenos días, Milagros_.

_ Buenos días, tía._

_ ¿Cómo dormiste?_

_ Regular, con tantas cosas pendientes uno siempre da muchas vueltas en la cama.

_ Claro, eso pasa.

_ Sí, pero al parecer tú también has estado despierta.

_ Sí, tía, tratando de escribir las primeras páginas de mi libro, pero estoy estancada en dos páginas, no sé si es que no doy para esto, o qué._

_ Sí que das y vas a ser muy grande, pero es que las cosas no son así, tienes que esperar el momento apropiado para ello, cuando menos lo esperes brotarán las ideas y palabras, ya verás._

_ Gracias, tía._

_ ¡Este café está mejor que nunca! _

_ Es el mismo, pero lo sientes así por ser un día especial._

_ Creo que sí._

Siguen conversando mientras van llegando los dos hombres de la casa y se unen al café, la leche y más tarde al desayuno.

Rayos y truenos acompañan el torrencial aguacero con que se viste el día que va avanzando sin aclarar, a pesar de ello todo se mantiene según se ha planificado. Apenas eran las 10:30 y se ve llegar un carro de transporte urbano color verde maltratado, igual que su carrocería, de él sale una pierna en cuyo pie porta un zapato que al posarse en el asfalto recibe la bienvenida del agua que ha salido de la cuneta, lo empapa y sin lugar a dudas será el destino de su compañero que hará su debut en solo segundos. Los pies portadores de aquellos zapatos pertenecen a don Julio, quien es abogado de profesión, que siempre viste de negro, personaje famoso dentro de su oficio, ha tenido en su quehacer cantidad de víctimas. Termina de salir del carro y resignado a tener zapatos mojados y de recibir las gotas de agua que adornan su pantalón hasta media pierna, salta hasta la acera y entra a la galería de la casa, donde se examina para ver cuán difícil es su situación. Su pantalón y zapatos están empapados, incluyendo las medias, cierra el paraguas que le ha cubierto por lo menos la parte superior de su cuerpo. Toca el timbre de la casa y Milagros le abre la puerta:

_ Buenos días, don Julio, llega usted muy temprano._

_ Sí, tratando de llegar antes que cayera toda esta agua, ya ves, no me ha valido de nada._

_ Pero pase, no se preocupe._

_ Gracias _ responde él.

 Trata de secarse los zapatos en la alfombrita de la puerta, luego se acomoda en un sillón de la sala.

_ ¿Desea un jugo o café?_

_ Café, por favor._

Don Julio observa el entorno de la sala y el comedor, la impecable limpieza, los muebles, un sofá de los denominados Luís XV, el juego de comedor tradicional rectangular de ocho sillas y en caoba, en la pared un bodegón, en la sala varios cuadros y una mesita redonda cubierta con un mantelito bordado a mano de color blanco sobre la que se encuentran las fotografías de la familia, en otra mesita puede ver un buque de rosas rojas que da un toque muy especial al ambiente.

 _ Loreta, ¿aceptas por esposo a Néstor?_

Ella viendo su sueño que está a punto de realizarse contesta sin titubeos y rápidamente:

_ Sí, acepto._

_ Néstor, ¿aceptas por esposa a Loreta?_

Se produce un silencio en la sala, lo que preocupa a Loreta y a los presentes, pero luego se escucha el estremecedor sonido de un estornudo, Néstor pide disculpa y contesta:

_ Sí, acepto._

Es el momento en que don Julio los declara marido y mujer y le dice a él que puede besar a la novia.

Milagros y Daniel con Danielito los abrazan y felicitan, acto seguido los hijos y nietos de Néstor también hacen lo mismo, al igual que Felipe y su esposa, entonces se disponen a realizar un brindis por los novios que esta vez le corresponde a Felipe:

_ Brindo por una larga y hermosa unión, donde siempre haya amor y felicidad._

_ Brindamos_ contestan todos los presentes levantando sus copas de champán. Continúan compartiendo hasta que la lluvia cesó y les permitió ir a almorzar a un restaurante que previamente habían contratado para tales fines. Aquella boda íntima donde solo asistieron los familiares directos completó el anhelo que Loreta había deseado por tantos años y lo único que lamentaba es que su madre no pudo estar presente.

A partir de este momento Néstor pasa a convivir con ellos y alquilará su apartamento, por lo que ahora la familia se compondrá de dos matrimonios que compartirán la casa. Ambas parejas se llevan muy bien, reina la armonía.

Rápidamente llaman a un vecino para que les ayude y les lleven al hospital, es un momento de desesperación, pues da a notar de un gran dolor en el pecho, lo cargan agarrándolo por las piernas y por los hombros, su cuerpo hace una curva por el peso que prácticamente toca el suelo, al salir de la casa se une más ayuda, ya que no hay que pasar nuevas puertas, lo que facilita tomarle de una manera adecuada y evitando el casi roce con el piso, lo introducen por la parte trasera del auto quedando su cabeza acomodada en las piernas de su amada, quien pone sus manos para acariciarle y su asustada voz para calmarle y darle valor durante el trayecto al centro médico. Los minutos parecen horas y el tapón en la avenida dificulta su llegada, la bocina y las voces de quienes le acompañan van logrando abrirse paso entre los vehículos hasta lograr salir del atolladero del tránsito. Unas calles más y llegan a su destino.

_ ¡Corran, corran es un infarto! _ vocifera el vecino que maneja el carro y que logra ser el primero en salir para buscar los médicos.

Salen dos enfermeros con una camilla y lo cargan para colocarlo, luego van corriendo hacia un cubículo de la sala de emergencias, el doctor está esperando e inmediatamente le empiezan a atender.

 Suena el teléfono.

_ Milagros, es tu padre, está mal, estamos en la emergencia del hospital _ le informa la madre.

_ Pero dígame cómo está_.

_ Aún no sabemos, pero lo están atendiendo._

_ Iremos inmediatamente _ responde Milagros refiriéndose a ella y a su esposo.

_ Daniel, es papá, está en el hospital, al parecer es un infarto._

_ Vamos_ dice él apresurando lo que le queda de desayuno y tomando su carpeta de trabajo.

Salen a la avenida Independencia y después de esperar unos minutos tomaron un vehículo de transporte público que los lleva hasta el hospital.

_ Gracias_ le dice Daniel al chofer.

Milagros sale disparada del vehículo hacia la emergencia, al entrar logra ver al final del pasillo a su hermano, se dirige directamente donde él.

_ Dime, manito, ¿cómo está? _ le pregunta abrazándolo y dándole un beso en la mejilla

_ Él está bien, no fue un infarto, fue un dolor provocado por un golpe que se dio y no había dicho nada, pero quien está en el otro cubículo es mamá que el susto le subió la presión, pero ya está controlada informó el doctor._

_ ¿Qué?_

En ese momento sale el doctor y les comunica:

_ Hola, su madre está bien y se podrá ir en un momento, pero debe ir a su médico, puesto que a partir de este momento ella sufrirá de hipertensión._

_ ¿Podemos verla? _

_ Claro, pasen._

Entran al lugar donde se encuentra recostada en una camilla.

_ Entonces tú vienes a traer a papá y a la que hay que atender es a ti, ¿qué te parece?_

_ Fue el susto y verlo con ese dolor lo que me puso así _ responde la madre.

_ Ese susto te mantendrá ahora en tratamiento para la presión _ le resalta Milagros.

_ ¿Qué se va a hacer?, es la ruta a la vejez, pero hablando de eso, ¿cómo sigue tu padre?_

_ Está mejor._

Entra el doctor:

_ Bueno, en unos minutos están ambos listos para irse a casa, recuerde usted que debe visitar su médico para que le ponga un tratamiento para la presión y que no debe coger las cosas tan a pecho, él solo tenía un dolor por un traumatismo y usted ahora estará en tratamiento de por vida, cójalo suave y no se descuide. _

_Ya que todo va bien, me retiro para ir al trabajo, tú los acompañarás a la casa _ dice Daniel mirando a Milagros.

_ Desde luego, iré con ellos, le haré un té y seguidamente saldré para casa _ responde ella.

Se dirigen hacia la casa donde ambos deberán descansar y serán atendidos por Milagros y su hermano.

_ Ni siquiera tienes que recoger tu ropa, en esa maleta está lo necesario, lo demás te lo enviaré después a donde decidas irte _ le comunica Milagros su decisión tomada a Daniel después de descubrir un acto de traición de este.

_ Pero amor, no es lo que piensas, es una simple amiga._

_ No hace falta que trates de mentir, te atrapé con ella y no en cosas de amigos, recuerda lo que te había dicho, así que todo terminó, verás a Danielito los fines de semana, pero te pondré el divorcio tan pronto como pueda _ le responde con rabia Milagros.

Lo empuja hacia la galería con todo y maleta y tira la puerta. Rápidamente entra a su habitación y las primeras lágrimas saltan iniciando el torrente de las que le seguirían al darse cuenta de que su gran amor la había traicionado, no dejaba tiempo para pensar, tenía que permitir brotar todo el cúmulo de rabia y desengaño que le aturdía en aquel momento. Sentía que la tierra se la tragaba, unos minutos más tarde entra Danielito y abrazándole balbucea triste como cuestionando lo que le sucedía, solo aquella actitud le hace calmarse, aferrarse a él y besarlo como forma de comunicarle que estaban solos en la vida. Mariana la mira con sus grandes ojos como queriéndole consolar, ella devolvía la mirada demostrándole el dolor que sentía.

Loreta llega media hora más tarde y encuentra el drama y sin saber lo que sucedía le dice:

_ Sea lo que sea estoy contigo. ¿Pero dime, ¿qué sucede?_

_ Descubrí que Daniel tiene una mujer y lo boté de la casa._

_ ¡Dios, quien lo veía!, ¡qué barbaridad!, sé que es un golpe duro, pero nosotros estamos contigo y saldrás como siempre adelante _ expresa Loreta.

_ Pero dime, ¿cómo te enteraste?

_ Pues Freddy pasó a saludarme y a ver cómo va el libro, le solicité que me acompañara al periódico a llevar el artículo, fuimos y luego nos dirigimos a tomar un café en la Zona Colonial. Estando sentados allí vi cómo Freddy, aunque tratando de disimular, se sorprendió, lo que en un acto reflejo me impulsó a ver hacia la misma dirección, allí estaba él parado frente a la puerta y ella en el escalón que da entrada a la casa sumidos en un solo beso que me provocó náuseas, quise pararme e ir hasta donde ellos, pero Freddy lo impidió y me instó a que esperara que se fuera para verificar de qué se trataba. Accedí entre sollozos y esperé, él se retiró, iba tan contento que ni nos vio, fue entonces cuando Freddy me solicitó que le prometiera que le esperara en el lugar aquí. Le dije que lo haría. Él se dirigió a la puerta de aquella casa de puerta pintada de verde y alta y se paró en el mismo escalón, tocó el timbre y esperó que abrieran, frente a la puerta se presenta una joven alta, de hermoso cuerpo, de grandes ojos negros y fluyentes cejas, la misma que acababa de saborear a Daniel y matar en vida su vida.

_ Buenas tardes_ saludó él.

_ Buenas tardes, ¿en qué puedo servirle? _ respondió ella.

_ ¿Está Daniel?_

_ Él se acaba de ir._

_ ¡Oh, se me fue!, ¿usted es su hermana? _

_ No, su mujer._

_ ¿Y usted es...?_

_ Un amigo, pero luego regreso._

_ Bien._

_ Buenas tardes._

 Se despidió él y se retiró como aturdido, pensando rápidamente en qué decirme, mis lágrimas ya bañaban por completo mis mejillas y él al mirarla sabía que no podía decirle otra cosa que no fuera la verdad.

_ Dijo ser su mujer _ me reveló como medio idiotizado.

 En esa ocasión quedé estupefacta, mis lágrimas eran la única respuesta para aquella increíble sorpresa que me había brindado amargamente la vida, todo mi mundo se derrumbó en solo segundos.

_ Vámonos _ le orden con indignación.

Freddy no sabía qué decir, estaba tan sorprendido como yo, abordamos un minibús hacia los kilómetros de la Independencia para volver a casa, nos sentamos en la parte de atrás, veníamos en silencio, mi primo me acompañó hasta la puerta de la casa y al llegar me comentó:

_ Milagros, esto es muy duro, pero parece que él lleva una doble vida, habrá que averiguar bien._

_ No, no hay nada que averiguar, ya vi lo suficiente, él se va de aquí hoy mismo _ le contesté._

Freddy me dio un fuerte abrazo y despidiéndose me dijo:

_ Sabes que siempre estoy para ti, cualquier cosa llámame_.

Entré en la casa, fui directo a la habitación y saqué en la maleta una parte de la ropa de Daniel y la puse al lado de la puerta de entrada, cuando llegó lo boté, esa es la historia._

_ ¡Qué pena, tanto afecto que le teníamos a ese desgraciado!, pero la vida sigue y juntos saldremos adelante _ manifiesta Loreta.

A partir de aquel momento se agota toda la cuota de lágrimas que la naturaleza le había asignado y sobreponiéndose a tan desafortunada desdicha emprende su nueva vida de madre soltera, en la que se promete no volverse a enamorar y dedicarse a su hijo y a su profesión. Sus artículos seguían ganando el gusto del público, continuaba escribiendo su libro y el acontecimiento que pasó le dio más fuerzas para proseguir y dar un nuevo enfoque a la obra en proceso.

Daniel se mantiene llamando constantemente, pero ella no toma sus llamadas luego de la primera en la que simplemente le advirtió:

_ Para mí estás muerto, todo cuanto tenga que ver con nuestro hijo lo hablarás con mi abogado, ¡hasta nunca!_

El tiempo sigue pasando y su negativa a hablar con Daniel la hace más fuerte. Su hijo, su trabajo, su obra y los quehaceres domésticos la adsorben por completo, manteniéndola activa mental y físicamente. Freddy su primo, mejor amigo y confidente vive pendiente de ella y le ayuda a convertir su dolor en fuerza. Él también fue afectado por aquella tarde fatal que cambió drásticamente la vida de Milagros.

La sangre le sale por la nariz y la frente a Daniel producto de un par de trompadas propinadas por Freddy, pues quiere ir a la casa de Milagros a hablarle, para lo cual fue a pedirle a este que intercediera por él, pero la solicitud termina en discusión y luego en agresión merecida por todo el daño que el agredido provocó a su prima. Daniel levanta los brazos en señal de que se va y procede a retirarse fracasado en su intento y lesionado. Entonces piensa que todo está perdido, que si el primo reaccionó de esa manera ella estará peor y realmente no lo perdonará.

Sentados en la mesa Loreta, Néstor, Milagros y Danielito se disponen a saborear un sabroso revoltillo de huevos con arenques y plátanos verdes, conversan de varios tópicos, el matrimonio trata de no traer conversaciones que pongan triste a Milagros, más bien tratan de distraerla, ya que a pesar de que ella está siendo fuerte, sin dudas siente la pérdida de su gran amor. Después de la cena y mientras Néstor entretiene al niño, ellas se disponen a fregar y conversan y planifican la celebración del cumpleaños de Danielito que será en dos meses.

Coinciden en que sea una festividad modesta con algunos amiguitos de la escuela y vecinos, coordinan sobre qué tema será el cumpleaños y no llegan a una conclusión en el momento. En el transcurso de la amena conversación Loreta hace una pregunta inevitable:

_ ¿Has pensado en invitar al padre?_

_ Es su padre, no puedo evitarlo, pero sí evitaré todo rose con él._

_ Eso será un poco difícil, pues tendrán que tomarse fotos juntos._

_ Sí, pero no pasará de ahí._

_ Bueno, pero no pensemos más en eso ahora. ¿Qué te parece si llamamos al colmado por una bien fría?_

_ Ya sabes que no tomo, pero te acompañaré._

_ ¡Anótenme! _ clama Néstor desde el comedor.

_ Bien, pues llama y de paso paga _ dice Loreta.

_ Oportunista _ contesta él sonriendo.

Los primeros rayos de sol se preparan para despojar el manto negro y dar paso a los colores, los gallos realizan su trabajo de despertar a todo ser viviente, los árboles con la ayuda del viento que no ha dormido aplauden con sus hojas la llegada del nuevo día, Milagros abre lentamente sus luceros y empieza a apreciar a través de la ventana salpicones azules del cielo que se filtran entre las hojas de los árboles, sus oídos son acariciados por los pájaros que cantan su variada sinfonía, sin dudas el día empieza y con él la faena normal, introduce sus pies en sus sandalias y se levanta dirigiéndose a la cocina para preparar el desayuno de todos y la merienda que el niño llevará a la escuelita.

Prepara emparedados calientes de jamón, salami y queso con jugo de chinola para los adultos y pan tostado con mantequilla y chocolate para Danielito. Al terminar el desayuno Loreta y Néstor se despiden y salen a su rutina diaria, Milagros termina de cambiar el niño y lo lleva al jardín infantil que está a dos calles de la casa y regresa para organizar la casa y seguir con su libro que avanza rápidamente, pues cuando está sola en la casa es su mejor momento en que la muza la abraza y da rienda suelta a toda su imaginación, pasando horas sin darse cuenta del tiempo, tanto que a veces se le pasa la hora de buscar el niño por lo que varias veces la profesora le ha llamado la atención.

Durante una de las tardes Loreta llega y después del almuerzo se preparan para ir de compras de las golosinas y decoración que usarán para la celebración del cumpleaños de Danielito. Mandaron a hacer un pastel a una señora, aunque esta no lo hace como negocio, es una experta y con un excelente gusto para su decoración. Han pasado los días y todo está listo para la celebración, como es la costumbre en ellos la familia asistirá, así como algunos amiguitos de la escuela y vecinos.

_ Te toca a ti la misión de avisar al padre _ le sugiere Milagros.

_ Ah, a mí…, está bien, lo haré.

En el transcurso del día Loreta le llama en varias oportunidades, pero no le fue posible lograrlo, en la noche habla con Milagros y le explica lo pasado y que seguirá intentándolo. Una hora más tarde logra comunicarse con Daniel y le saluda:

_ Buenas noches._

_ Buenas noches _ contesta él.

_ Te habla Loreta._

_ Hola, ¿cómo estás?_

_ Bien, te llamo para informarte que el sábado le celebraremos los dos años a Danielito, su padre debes estar presente, será a las 4:00 de la tarde._

_ Allí estaré sin lugar a duda, ¿cómo están todos?_

_ Estamos bien, te esperamos._

_ Milagros, lo logré, hablé con él y aseguró que vendrá._

_ ¡Qué bien!, aunque no quiero verlo y de hecho lo evitaré, solo estaré a su lado en los momentos de las fotos y tú tienes que ayudarme en eso._

_ Sabes que lo haré._

El día inicia su tarea rutinaria y el sol va calentando con todo su esplendor, las travesuras de Danielito han provocado que se recojan los adornos de la sala y se tomen medidas de seguridad con las cosas que pueden ser de peligro. Él trata de subirse a una silla para llegar hasta la mesa sobre la que están las golosinas.

_ ¡Mira muchacho! _ grita asustada y llena de asombro Loreta.

 Ella corre a bajar de la silla a quien con tanto esfuerzo ha logrado parte de su meta. Este recibe a su tía con una ingenua y pícara sonrisa.

Lo pone en el piso junto a varios de sus juguetes y continúa con la decoración que realiza para la fiesta que será apenas en horas, pero no bien está sobre una pequeña escalera pegando las letras de feliz cumpleaños, ve al niño en su misión de atrapar los dulces que sobre la mesa lo desafían a tomarlos, ya está de nuevo sobre la silla tratando de poner una pierna sobre la mesa.

_ ¡Mierda!, pero Danielito _ grita la tía lanzándose de la escalerita y corriendo hacia él.

El niño trata de bajarse para que la tía no lo atrape, pero cae de la silla golpeándose en la frente, los gritos instantáneos se escuchan por toda la casa, Loreta lo agarra, lo ve y se da cuenta del colorado y la rápida protuberancia que empieza a emerger en la frente, lo carga y va aceleradamente a la nevera a buscar hielo, lo envuelve en un paño y se lo pone en la frente, el frío provoca el aceleramiento de los gritos, se sienta en una mecedora y trata de calmarlo, toda la acción se produce en intercambios de llantos y las palabras de ella que asustada le dice:

_ Eso te pasa por jodón, si hubieras jugado con los juguetes que te di no te pasa._

 En ese momento llega Milagros y lo ve:

_ Pero Loreta, ¿qué le pasó? _ pregunta Milagros, quien llega en ese momento.

 Esta corre y lo carga.

_ Trataba de subirse en la mesa, lo bajé, le puse los juguetes, pero en lo que di la vuelta ya estaba otra vez subiéndose y se cayó.

_ Hay que tener más cuidado _ señala Milagros.

_ ¿Y crees que no lo tengo?, es que él nunca está intranquilo _ responde Loreta.

_ Es verdad, tía, disculpa, sé que eres cuidadosa y él está muy tremendo, es que me puse nerviosa. Bueno, déjame terminar de poner esto y lo baño para que esté listo. _En eso llega Néstor con el bizcocho, un castillo blanco y azul hermoso y de inigualable sabor

_ ¡Qué bello! _ dice Loreta.

_ Y así está de bueno._

_ ¿Ya lo probaste_?

_ Sí, pero de la masa que prepararon._

_ Ah, qué bueno, no lo pongas, déjame poner el mantel._

_ No te tardes, que pesa._

_ Tranquilo, ya casi termino._

_ Madre, ¡qué bello! Gracias, Néstor _ dice emocionada Milagros.

_ Ya no eres mi amiga, desde que vino el Daniel ese me abandonaste y ahora con Danielito ni me conoces, pero no te preocupes, yo sigo siendo Mariana, algún día vendrás a pedirme perdón.

_ Milagros, van a ser las cuatro, despierta. _

 Luego de bañar y cambiar al niño y bañarse, ella queda tendida en la cama cuando intenta ponerse los zapatos. El sueño le hizo mirar a Mariana y pensar "es verdad que le he abandonado, pero es simplemente una muñeca, aquella que guarda todos mis secretos, seguirá siendo mi amiga e inspiración".

_ Hola, hola, ¿cómo están por aquí? _ se escucha la voz de la madre de Milagros al acercarse a la puerta de hierro que protegía la casa.

_ Hola, mamá, déjame buscar la llave.

Se apresura a la cocina a buscar la llave y se dirige a la puerta, la abre y se dan un abrazo.

_ ¿Dónde está ese hombrecito? _ pregunta la abuela sosteniendo un regalo en sus manos.

 Danielito corre hacia su abuela, le da un abrazo y le quita el regalo antes de que ella pueda besarlo, se tira en el piso para abrir el regalo.

_Párate, que te vas a ensuciar- le ordena //Milagros tomándolo y sentándolo en una pequeña mecedora que Néstor le había comprado días antes.

_ Mira qué lindo, un tren que camina y enciende las luces, pita y cuando choca se devuelve _ explica Loreta.

Danielito le cae atrás al tren por toda la sala.

_ Vamos a guardarlo porque ya empiezan a llegar tus amiguitos _ dice la madre tomando el tren para guardarlo.

 Pero el niño se tira en el piso a llorar.

 _ ¡Párate del piso, te vas a ensuciar!_

El niño sigue dando gritos pese al llamado de la madre.

 _ Pero déjalo que juegue _ pide Daniel que se hace presente.

 Milagros levanta su mirada y ve aquella figura de pie frente a la puerta, la imagen de aquella persona que significó su verdadero amor y su corazón palpita aceleradamente, pero recuerda lo pasado/* y reacciona diciendo:

 _ Tú aquí solo eres figura decorativa, así que no te metas con el niño._

Daniel contesta:

 _ Pues la sala está decorada como te gusta._

 En eso sale Loreta y lo recibe como naturalmente, sin sonrisa, pero tampoco poniendo mala cara.

 _ Siéntate, Daniel._

_ Danielito, ven donde papá _ pide al niño que se queda medio extraño de aquella persona.

 A pesar de haber estado junto al niño en el primer año de vida, estaba ausente, convirtiéndose en un extraño. El padre entonces da unos pasos hacia él y lo carga haciéndole un poco de gracia, pero el niño mueve su cuerpo hacia ambos lados tratando de que lo suelte y a punto de llorar, por lo que él lo pone en el suelo. La madre que ha visto la escena lo carga y lo lleva hasta Daniel diciéndole:

_ Él es papá, Danielito, ¿lo recuerdas?_-

Esta vez el padre lo carga y el niño acepta por complacer a la madre, mientras se entretiene con un carrito y de vez en cuando mirando la cara de su padre a quien al parecer empieza a recordar.

Él se dirige al sillón y le entrega un regalo que le trajo, el niño trata de abrirlo y con la mirada expresa de que no puede, por lo que el padre lo ayuda a desenvolverlo, un carro de bombero con sirena. Danielito se baja al suelo para jugar con su nuevo juguete, en eso empiezan a llegar los invitados que dan inicio formal al cumpleaños. Comparten con todos los invitados, Milagros trata de no hablar con Daniel a pesar de que intercedió para que el niño estuviera con él, porque está consciente de que ellos deben llevar una buena relación.

La pequeña fiesta se celebra muy animada, unos doce niños entre los vecinos y de su escuela comparten el bonito momento. Néstor se disfraza de payaso y aunque no es su fuerte los niños se divierten bastante.

_ No tienes que pegarte tanto, es solo para que estés presente en la foto _ exige Milagros a Daniel.

_ Perdona, no sabía que tengo rabia._

_ No, la rabia era mía y quedó en el pasado._

_ Pero aún me quieres y no lo puedes negar._

_ He aprendido a vivir sin ti y eso es suficiente, atiende a la cámara que es lo que tienes que hacer._

 Entretanto el fotógrafo hace una secuencia del momento y pide a los invitados que se aproximen para tomar las fotos de la apagada de las dos velitas. Los invitados se acercan y cantan gustosamente, mientras Danielito permanece sentado al lado del bizcocho tratando de meterle la mano que es aguantada por sus padres. Ayudado por la mamá apaga las velitas y llega la hora de repartir el bizcocho, se escucha una voz que advierte:

_ El que esté parado no comerá bizcocho._

Como por arte de magia todos los niños se sientan, Loreta empieza a repartir el tan esperado pastel que es acompañado de una sabrosa bebida. Una hora más tarde solo queda el reguero de los niños y el cansancio de los adultos.

_ Bueno, me voy._

_ Puedes irte tranquilo_.

_ No te gustaría que habláramos._

_ Nosotros no tenemos absolutamente nada que hablar, la única razón de cualquier conversación ya se durmió, así que adiós _ le reitera ella.

Lo deja en la puerta de la casa y se retira al comedor donde se encuentra Loreta recogiendo los últimos vestigios de la fiesta.

Daniel se retira diseccionado, se da cuenta que será difícil lograrla de nuevo y que ella se ha superado mucho más de la mujer que él había tratado.

_ Debiste verlo Mariana, el descarado, como que no ha pasado nada, no sé qué es lo que piensa, pero se equivocó.
_

Mariana como siempre con sus ojos grandes poniendo toda su atención, escucha callada sin emitir palabra.

_ Él cree que soy una de esas que luego de ser esposa pasan a ser querida, pero está muy lejos de la realidad._

Y diciendo esas palabras estalla el llanto, se lanza en la cama y queda dormida en el dolor que le embarga de aquel amor que perdió y que aún late en ella.

El sol cumplió su misión del día y da paso al manto oscuro que cubre la noche, solo la luna aporta su reflejo para aclararla un poco y es el momento en que se reúne un grupo de personas para poner en circulación la primera novela de Milagros. Su jefe organizó el encuentro en la Biblioteca Nacional Pedro Henríquez Ureña. Familiares, amigos y críticos literarios han sido recibidos por él y la autora en la antesala del salón donde será la presentación.

Todo está listo, la maestra de ceremonias da inicio formal de la actividad literaria y luego presenta a Leonardo, el jefe de Milagros, quien habla sobre ella y lo hace de forma muy especial. Después le toca el turno a la autora, quien hace un esbozo de su obra y al final la firma de libros para los invitados. La presentación fue un éxito, fue su noche espléndida y a pesar de las críticas positivas en la prensa, la venta de la novela fue muy pobre.

_ No te desalientes, esto está pasando mucho, no es lo que has escrito, es un proceso de iniciarte como escritora, pero también hay que hacer una promoción que vale dinero y es la causa por la que muchos escritores abandonan sus esfuerzos, pero debes seguir adelante con más fe, lástima que yo no pueda patrocinarte _ le comenta Felipe.

_ Lo comprendo y no se preocupe, seguiré adelante.

Efectivamente, Milagros se dedica a continuar con su trabajo y a escribir sus novelas con la esperanza de que algún día brillará y será tomada en cuenta por ellas.

La vida continúa, van pasando los años, Danielito crece y ya cuenta con siete años, pocas veces ve a su padre. Este no lo busca y le cuesta a Milagros llamarlo para que recuerde que tiene un hijo, no porque le falte nada, pero sí por ser su padre.

Néstor, Loreta y Milagros participan en una exposición de pinturas. Mientras Néstor habla con el amigo que le invitó, Loreta va a llamar por teléfono a su hermano Felipe, el padre de Milagros, para saber cómo está Danielito, pues le dejaron con él. Luego de ella hablar por teléfono busca unas copas de vino.

Milagros está a cierta distancia de una pintura que mira con mucho detenimiento. La obra de arte es de una mujer que va en ese momento bajando por una gran escalera vestida con un traje azul. Milagros está totalmente concentrada, es como si estuviera dentro de la pintura, cuando escucha una voz que le interrumpe:

__ ¿Le gusta esa pintura?_

_ Rápidamente se da vuelta para ver quién es el portador de la hermosa voz que le sacó de concentración y le asustó.

_ Sí, me gusta, pero usted me asustó y me desconcentró de ella._

_ Discúlpeme, esa no fue mi intensión, pero es que no pude pasar por alto el conocer tan hermosa mujer._

_ Gracias, pero no pierda su tiempo, pues mi corazón está muerto y no le servirá de nada cualquier esfuerzo que haga _ responde ella al tiempo que vuelve a enfocarse en la pintura.

_ Con mucho respeto, pero en la vida un corazón no muere, simplemente es herido, pero después de un tiempo puede ser rescatado para que disfrute una vez más del amor._

_ Si usted lo dice, pero yo no lo considero así_

_ Puedo preguntarle, ¿qué le gusta de la pintura?_

_ Realmente me gusta todo, la suavidad de las pinceladas, lo hermosa de la mujer, todo el contorno que rodea la figura, lo tenue de los colores, en fin, todo me gusta de ella._

_ Es usted una mujer muy observadora y que sabe apreciar el arte, además de hermosa y sensible._

_ Gracias_.

_ ¿Cómo me dijo que se llama?_

_ No le he dicho, pero soy Milagros _ contesta ella sin dejar de mirar la pintura.

 _ Yo soy Kelly, mucho gusto._

_ Encantada de conocerle, señor _ dice ella como para poner distancia.

_ Espero verla de nuevo._

_ Quizás._

En eso llega Loreta con las copas de vino.

_ ¿Y quién era ese?_

_ Alguien que me interrumpió mi concentración en la obra.

_ Pero muy elegante._

_ ¿Verdad?_

_ ¿Tú crees?, no le vi bien realmente _ expresa Milagros para disimular.

 Pero en verdad ella quedó impresionada, pese a sus palabras con él, su corazón sí se aceleró. Kelly, un hombre de unos treinta años y pico, alto, de grandes ojos color miel, de tez bronceada, de unas 180 libras, de pelo negro y nariz semiperfilada, de terminación redonda.

_ Pues sí que lo es _ reafirma Loreta.

En eso llega Néstor y dice:

_ Por fin, ya era hora.

_ ¿Hora de qué? _ pregunta Milagros disimulando.

_ De que conocieras a alguien._

_ Ustedes siempre con sus cosas, simplemente hablamos de la pintura.

_ Bueno, por suerte vinimos hoy, es la última noche de la exposición, mañana hay una de fotografías, ¿nos vamos?

_ Cuando quieras _ responde Milagros.

 Salen con rumbo a la casa de sus padres a buscar a Danielito y luego a la casa.

 El nuevo día empieza a correr con las obligaciones y quehaceres, después de desayunar cada cual a su trabajo y Milagros a llevar el niño a la escuela y luego ir a la editora a ver en qué fase se encuentra su tercer libro a publicar.

 Escribe con mucho entusiasmo, pero en realidad no pone mucha esperanza, ya que es difícil el poder venderlos sin una buena campaña, cuyos precios cada día están más elevados, pero cuenta con la satisfacción de poder escribir obras literarias y se siente orgullosa de ello. Pasa por el periódico donde entrega su artículo de la semana y de allí a la universidad donde cursa una maestría en Educación Superior. El día va pasando sin darse cuenta y apenas ha comido cuando ya son las 5:00 de la tarde y debe salir rápido a buscar el niño a la escuela. Llega casi corriendo, pues no es la primera vez que le coge lo tarde y le llaman la atención.

_ Ay, disculpe, disculpe por favor, es que tuve que entregar un trabajo en la universidad y me cogió el tiempo _ explica sofocada a la profesora que esperaba.

_ No se preocupe, sé lo que cuesta tratar de superarse en este país._

_ Gracias por comprender._

_ ¿Es usted nueva? _

Sí, como usted, madre soltera que debe tratar de ser madre y padre a la vez.

_ ¡Qué bueno que me entiende!_

_ Sí, pero que no se vuelva una costumbre porque estemos en el mismo tren._

_ Claro que no, gracias nuevamente._

_ Además me gustan sus artículos._

_ ¿En serio?, ¡qué bien!, pues le traeré mañana uno de mis libros._

_ Me encantaría leerlo_.

_ Bueno, hasta mañana._

_ Adiós._

Sale con Danielito para la casa, pero antes debe ir al supermercado que está en la avenida Independencia, cerca de donde reside, para comprar leche. A las 5:45 de la tarde llega a la casa, entra y no puede creer lo que ven sus ojos, frente a ella se encuentra el cuadro que tanto le impresionó en la exposición, estaba colgado cuidadosamente en la pared principal de la sala, quedó estupefacta y pregunta a Loreta y a Néstor:

_ Néstor, ¿lo compraste tú?, porque estaba vendido cuando yo lo veía._

_ No _ responde él.

_ Pues tú Loreta, ¿cómo lo hiciste?_

_ Yo tampoco._

_ Entonces, ¿quién?_

_ No sabemos, lo trajo una persona en un vehículo con esta nota._

Ella los mira y observa el sobre._

_ Estamos tan intrigados como tú, ¿crees que es poco esperar a que llegues para saber de quién es ese regalo tan costoso y que te embelesó |en la exposición?

Ella abre el sobre, se queda mirándolos y posa su mirada en este, ellos también, lee una nota que dice: Acepte este humilde regalo como inicio de una bella amistad y mi solicitud de permitirme invitarle a cenar, Kelly.

_ ¡Cómo puede ser! La pintura tenía la tarjeta de vendida _ comenta ella asombrada.

_ ¡Increíble!, lo hizo por ti, ahora podrás ver la pintura todo el tiempo _ expresa Loreta.

_ Pero yo no puedo aceptar, es algo muy costoso y además no le he dado esa confianza _ dice Milagros.

_ Pero precisamente es un gran inicio para una amistad y creo que sería una gran oportunidad, ¿no te parece? _ comenta Loreta.

_ Claro, es hora de que rehagas tu vida _ corrobora Néstor.

_ Yo estoy bien sola, no necesito pasar otra vez por lo mismo.

Loreta se acerca, le echa un brazo por encima del hombro derecho y se la lleva caminando para el comedor diciéndole:

_ Mira Milagros, yo entiendo por todo lo que has pasado con Daniel, pero ya es hora de que termines ese luto y por lo menos conozcas a alguien, aunque no sea Kelly, pero tú como mujer necesitas el cariño y respeto de un hombre, además una buena cena no te haría daño.

_ Quizás sea verdad, lo pensaré _ responde ella mientras se sienta en el comedor y se quita los zapatos.

Una gran sonrisa aflora a sus labios cuando ve acercarse a Danielito con las sandalias para ella.

_ Gracias, mi vida _ le dice dándole un beso.

Él toma los zapatos y se los lleva a la habitación de su madre.

Un calor insoportable baña la noche, las estrellas salen todas para tratar de atrapar alguna brisita y la luna al parecer se cansó de estar llena.

Las 8:00 en punto de la noche.

_ Buenas noches._

Es la voz de Kelly que se detiene frente a la puerta de entrada.

_ Buenas noches, un momento, déjeme buscar las llaves _ responde Loreta.

_ Pase y siéntese por favor, ella viene en un momento _ le invita ella mientras abre la puerta de hierro.

_ Gracias._

Se sienta en la sala y contempla el cuadro que le regaló a Milagros, unos candelabros sobre un seibó, en la pared del comedor se logra ver una pintura bodegón, en la mesa un frutero plástico, los muebles de la sala compuestos por un sofá, dos sillones y una mesa sobre la que se pueden observar varias estatuillas de vidrio alemán en diferentes posiciones.

_ Buenas noches, ¡qué puntual! _ le saluda Milagros._

_ Siempre lo soy._

_ Qué bueno, discúlpame, es que estaba acostando el niño._

Todo está bien.

_ ¿Nos vamos? _ pregunta ella al tiempo de tomar su cartera.

_ Sí, con su permiso _ responde dirigiéndose a Loreta.

Salen de casa, él tiene el vehículo estacionado al otro lado de la calle, cruzan y él como todo un caballero le abre la puerta y espera que Milagros se acomode para cerrarla. Es un carro de varios años, pero en buenas condiciones, arranca y se dirigen a un restaurant sencillo, pero de buena calidad. Mientras van en camino hablan de algunos temas sin importancia, solo para conocerse mejor, llegan al lugar y él nueva vez abre la puerta para que ella salga y un camarero le abre la puerta del restaurante y los conduce a una mesa colocada en un rincón desde donde se visualiza todo el panorama.

_ ¿Qué desean tomar?_

_ Para mí una limonada _ responde ella.

_ ¿No te gustaría una copa de vino? _

_ No, no tomo nada con alcohol._

_ Bien, pues limonada para ella y un tinto Cabernet para mí._

 Toman las cartas y ven lo que ofrece el restaurante mientras conversan.

_ No puedo aceptar un regalo tan valioso, ¿por qué lo hiciste?_

_ Claro que puedes y debes aceptarlo, pues vi que te encantó esa pintura, estabas dentro de ella y quise agradarte._

_ Sí, es muy gentil de su parte, pero cuesta demasiado dinero y realmente yo no le conozco, es más acepté la invitación porque mi tía y su esposo Néstor me insistieron, pero realmente no quiero que pienses que puede haber nada entre nosotros.

_ Se equivoca usted, ya hay algo entre nosotros, pues esa pintura que le he obsequiado es mi obra, el que se haya compenetrado con ella es un vínculo de amistad entre nosotros?_.

_ ¡O sea que usted es el autor de aquella exposición! No lo creo, ¿cómo lo hizo si el cuadro ya estaba vendido?_

_ En realidad ninguno de los cuadros se vendió, los tengo todos en mi estudio, le pusimos los letreritos para disimular el fracaso, es una época muy difícil y las personas no están por invertir en arte._

_ Qué pena me da escuchar eso._ dijo ella

_ Así es, aunque se hubiera vendido, yo lo hubiese rescatado para usted, es por lo que no puedo permitir que se niegue a aceptarlo._

_ Siendo así está bien, desde luego, siempre y cuando simplemente sea una buena amistad entre nosotros._

_ Por el momento sí, pero estoy seguro de que con el tiempo te demostraré que lo que siento por usted y lo que usted siente por la pintura es un vínculo más allá de la amistad y el tiempo lo demostrará._

_ Bueno, ¿pero ya que nos conocemos un poco podemos tutearnos?_.

_ Por mí está muy bien, eso nos acerca._

_ ¿Siempre te has dedicado a la pintura?_

_ Perdón, ¿están listos para ordenar? _ interrumpe el camarero.

_ Sí _ responden ellos, haciendo su elección del menú.

_ Pues, siempre he pintado, pero más como entretenimiento para expresarme que como oficio en sí. Claro, se preguntará de qué vivo, pues soy arquitecto y de eso vivo realmente._

_ Ya veo._

_ Sí, ahora viene la pregunta obligada de siempre _ dice él.

_ ¿Cuál?_ Cuál dice ella

_ ¿Eres casado, tienes familia, bla, bla, bla…, es la que siempre ustedes hacen?_

_ En realidad no, recuerdas que estamos simplemente iniciando una amistad, mis inquietudes son por seguir adelante con mi hijo, mi trabajo y mis estudios._

_ Eso lo veo muy bien, pero y tu vida personal, tus sentimientos, la vida no termina en una desilusión, es simplemente una experiencia en este caso mala, pero hay que seguir adelante._

_ Quizás tengas razón, el tiempo lo dirá._

_ Con permiso, aquí está su cena, espero la disfruten _ interrumpe otra vez el camarero mientras coloca los servicios donde corresponde.

_ ¿Pero tú no has preguntado nada sobre mí?._

_ No tengo por qué, leo tus artículos en el periódico, tus libros, sé que eres hermosa y madre dedicada, ves que ambos estamos compenetrados._

_ Ya veo._

Terminaron de cenar y hablaron sobre diferentes tópicos celebrando una noche agradable que sin lugar a duda era el inicio de una gran amistad. La noche finaliza con la partida hacia el hogar de Milagros, al llegar ella le dice mirándole a los ojos:

_ Bueno, ha sido una bonita noche, muchas gracias.

_ Muy hermosa, ya deseo que se repita_.

_ Es posible, pero recuerde lo que le dije._

_ Mi corazón es paciente y sabe esperar._

_ Bueno, pase buenas noches, Kelly._

 Cuando ella pronunció su nombre por primera vez él pensó que las cosas empezaban a cambiar favorablemente. Sus visitas se hicieron frecuentes y la amistad se fue haciendo más fuerte, integrándose al círculo familiar de muy buena manera, pero solamente seguía siendo un buen amigo.

El carro corre a la velocidad que el transito le permite entre vehículos pesados, transporte público, peatones que se lanzan a la calle y guagüitas pregoneras tocando bocina. Néstor trata de eliminar todos los obstáculos en la vía, en el trayecto se expone a chocar varias veces, pero su habilidad y destreza en el manejo lo evitan, además lleva las lucen encendidas y Loreta va haciendo señales por la ventana para que la gente habrá paso. Como es normal en nuestro país las personas vociferan improperios a su paso. Por fin llegan a la clínica, entran a emergencia, la ponen en una camilla y se dirigen a uno de los cubículos para estos fines. Entre aparatos electrónicos, médicos y enfermeras se encuentra, mira el techo pintado de blanco y piensa que todo ha terminado, su vida se está esfumando en un corto lapso en el que ve su trayectoria desde la niñez a sus días, entiende que en la vida no se puede perder el tiempo, escucha voces, es el médico que le pide a Néstor y a Loreta que salgan de la habitación y vayan a la sala de espera.

_ Al quirófano, es una peritonitis.

Salen corriendo con la camilla hacia el quirófano donde los médicos hacen lo propio, en la pequeña sala de espera están Néstor y Loreta, de repente esta dice:

_ Danielito._

 Esa sola palabra fue suficiente para que Néstor saliera disparado de nuevo para el colegio del niño al que llega tarde por lo sucedido, le explica a la maestra sin que Danielito escuche, para informarle luego a este de una forma más adecuada. Le va diciendo por el camino que su mami está enfermita y ha tenido que ir al médico para sanarla, por lo que lo llevará por un rato donde sus abuelos.

_ Hola mi pequeño, ¿cómo estás?

_ Abuela _ grita el niño al salir corriendo a su encuentro.

 Esta abre sus brazos y lo recibe con todo su amor, dándole un apretón al levantarlo, pero curiosa por cuestionar a Néstor, pues no es normal que se lo lleven a esa hora.

_ ¿Qué pasó?_

_ Milagros está en la clínica, tiene una peritonitis, pero todo está bajo control, salgo de nuevo para allá y le informo _ le explica él.

Né.stor sale de nuevo hacia la clínica para brindar a apoyo a Loreta, quien quedó con Milagros.

_ Un cuadro de Bidó adorna una de las paredes, el famoso cuadro de la enfermera que pide silencio en otra pared, en otra de las paredes información general sobre salud, varios sillones separados para los visitantes, una mesa con revistas de diferentes tópicos a las que los visitantes hacen caso omiso por estar solo preocupados por su pariente. En uno de esos sillones está sentada Loreta esperando, los nervios se apoderan de ella y está un poco desesperada por sentirse sola, pero la llegada de Néstor es un alivio para ella y corre a abrazarlo para calmar su ansiedad. Como siempre en esos momentos el tiempo pasa en cámara lenta y la desesperación crece. La puerta del quirófano se abre varias veces, pero los médicos que salen no son los cirujanos que están atendiendo a Milagros.

_ Hemos terminado, pero está muy delicada, no despertará por ahora y se mantendrá en vigilancia en cuidados intensivos, anduvieron a tiempo, pues un poco más y no la cuentan, puede quedarse solamente uno con ella.

_ Yo me quedaré _ dice Loreta.

_ No, yo me quedaré, descansen ustedes que están desde temprano con ella y busquen el niño _ sugiere Kelly.

Este se enteró porque Loretta le llamó.

_ Bien _ dicen ellos.

Se despiden y salen de la clínica un poco más tranquilos.

Kelly se convierte en el enfermero por excelencia y tiene todos los cuidados para ella. Se mantiene a su lado todo el tiempo, atendiendo a que no se le acabe el suero, que cuando se queja llama a la enfermera y así por el estilo.

 Milagros duerme todo el resto de la noche y la madrugada. El día siguiente, a las 8:30 llega Loreta, le trae una sopa de gallina para darle fuerza y le dice a Kelly:

_ Debes irte a descansar.

_ Kelly accedió y se marchó, aunque no era su deseo.

Loreta se sienta junto a la cama en un sillón donde Morfeo había desafiado a Kelly, minutos más tarde la luz de la

mañana empieza a penetrar en los ojos de Milagros que
no sabe aún qué ha ocurrido.

_ ¿Qué pasó?

_ Te pusiste mal y te trajimos, era una peritonitis, estuviste
a punto de estrenar la funeraria de la esquina _ le explica
Loreta.

_ ¿Cómo?

_ Así es, vinimos como ambulancia abriendo paso por todo
el trayecto, yo sobre el bonete del carro boceándole a la
gente que se quitara del medio y Néstor manejando._

_ No te quedas bien hablar mentiras. ¿Danielito está
bien?_

_ Bien, en la escuela._

_ ¿Qué le dijeron de mí?_

_ Que estabas enfermita y te pondrías bien pronto._

Transcurren unas horas y Milagros se encuentra un poco
triste sin saber por qué, está de espalda a la puerta
mirando la pared, posición que ha tomado para descansar
un lado de su cuerpo. Loreta va a buscar al doctor para
saber cuándo le dan de alta. En aquella pared blanca se
encuentra con su soledad, en un mundo semivacío y se
enreda en aquella melancolía que de repente hace que
sendas lágrimas broten, salten a sus mejillas y se paseen
por sus pómulos sin permiso. El abrir y cerrar de la puerta
de la habitación llama su atención, piensa que ha llegado
Loreta con la noticia de su alta médica, pero el olor a rosas
penetra por sus fosas nasales lo que hace que se dé vuelta

para ver quién es y al verlo se da cuenta que es el ingrediente que le hace falta para terminar con su soledad:

_ Kelly, amor mío, eres la esencia que necesita mi vida _ dice abriéndole los brazos.

Él adelanta hasta ella, pero cuando la va a abrazar este desaparece de sus brazos y se escucha la voz del doctor que le informa:

_ Estás lista para irte a casa, hablaré a la administración, pero no debes hacer desarreglos.

_ Bien, doctor _ responde ella.

 Ha quedado desalentada de que aquello fuera solo un sueño.

_ Milagros, nos preparamos para irnos _ le ordena Loreta.

_Sí._

Milagros entra al baño para cambiarse y salir para la casa.

_ Hola, mi amor _ escucha ella al salir del baño.

Al ver la imagen de Kelly queda como estatua, pues no sabe si es real u otro sueño, pero el olor de las flores que él sostiene en las manos frente a ella es muy fuerte y se lanza a sus brazos quedando confundidos en un abrazo que une sus vidas para siempre.

 Las 8:00 en punto de la noche, todo está listo, los invitados sentados cómodamente, la maestra de ceremonias inicia el acto, habla el jefe de Milagros, quien esboza los atributos que como escritora y ser humano le adornan y sus obras, el público aplaude. Luego le toca el turno a Milagros y habla sobre su nueva obra que lleva como título "La vida", hace una reseña de qué trata el libro, los aplausos no se hacen esperar y posteriormente pasa a firmar los ejemplares que los asistentes adquieren. Este a diferencia de los otros cuenta con la promoción necesaria por lo que resalta y se convierte en uno de los favoritos del público lector en pocas semanas. Era su momento para ser reconocida como escritora lo que le alentó a continuar con más fuerza en esos menesteres. Ya no solo escribe artículos para el periódico y sus novelas, ahora es invitada a dar conferencias sobre sus experiencias como escritora en las diversas áreas, lo que se va convirtiendo en una de sus principales actividades y que la va relacionando con universidades e importantes instituciones. Kelly sigue trabajando en sus proyectos arquitectónicos y de cuando en vez exponiendo sus obras, tanto individual como colectivamente, aunque en estas últimas no ha tenido mucho éxito comercial.

Kelly era un soltero empedernido que disfrutaba de la vida plenamente, medio bohemio, pero que no sacrificaba su trabajo por sus actividades sociales ni por sus abundantes relaciones con el sexo opuesto, se había cuidado tanto que no tenía herederos. Esa vida pasó a un segundo plano al conocer a Milagros en aquella exposición, que dio un giro total a su vida, convirtiéndolo en un marido verdaderamente enamorado y feliz.

Sus vidas se siguen tejiendo entre el amor y la comprensión en su hermosa casa que él construyó hace algunos años con ese propósito. Danielito continúa creciendo y estudiando.

El horario marcaba el número cuatro y el minutero señalaba el centro del número doce, reunidos en el juzgado de paz los padres de Milagros, la madre de Kelly, Danielito, Loreta y Néstor para formalizar y dejar plasmado en papel el amor que les ha llegado. El juez ejecuta su acostumbrada ceremonia, y como siempre la frase acostumbrada "Los declaro marido y mujer", se dan el beso de rigor lo que da pie a los abrazos y las felicitaciones de los presentes, luego se dirigen a comer y celebrar entre ellos a un restaurante de la ciudad. Ha quedado sellada la formalidad del amor que espontáneamente surgió aquella noche de mayo y que se consagra en una nueva familia.

Milagros despierta, se encuentra con el rostro de Kelly que le dice "felicidades, mi amor", ella cae en cuenta que está en el hospital y pregunta inmediatamente por el nuevo miembro de la familia.

_ ¿Dónde está la princesa?_

_ La van a traer en un momento _ responde Kelly al tiempo que la besa en la frente.

Después entra la enfermera con la niña cargada en sus brazos y envuelta en una manta blanca y acercándose a Milagros le dice:

_ He aquí su bella criatura.

 Le entrega una niña obesa, de rasgos extraños, de brazos y piernas cortas, de cabeza grande, sus ojos parecían tratar de salirse de las órbitas, un gran grito se escucha en todo el hospital cuando Milagros sorprendida ve aquel ser que le han llevado y es cuando Danielito le grita:

_ ¡Mami, mami, vas a despertar a la niña!_

Ella se da cuenta que es una de sus pesadillas y que tiene a su hermosa niña acurrucada, durmiendo en su costado.

_ ¿Estás bien? _ le pregunta Danielito.

_ Sí, viéndolo bien a ustedes lo estoy, ¿te gusta tu hermanita?_

_ Sí.

_ ¿La vas a cuidar bien?_

_ Claro, mami._

Entra Kelly por la puerta y saluda, Danielito se dirige hacia él corriendo y le dice:

_ Papi, ya mami está despierta._

_ ¡Qué bueno! _ responde Kelly._

 Carga al niño y se acerca a la cama, se inclina y le da un beso a Milagros._

_ Hola, mi amor, ya todo está listo y podemos irnos cuando quieras._

_ Está bien, déjame darme un bañito _ dice ella y coloca la niña entre almohadas y se dirige al baño de la habitación.

   Kelly se sienta en el sillón de visitas y Danielito corre hacia él y se le sube en las piernas, le ha tomado mucho cariño, pues desde su integración a la familia se ha compenetrado con él como el padre que necesitaba. A pesar de que Daniel es su verdadero padre no lo ha vuelto a ver y no lo llama por teléfono.

Estando listos se disponen a abandonar la clínica, al salir a la calle se encuentran con un personaje poco agradable, sentado en la puerta, con vestido con una camiseta gris que por el color no permite distinguir el sucio y que hace juego con el pantalón no por el color, sino por el sucio, su calzado unos tenis que respiran por dos agujeros, por los mismos despiden un olor desagradable. El personaje trata de ocultarse al verlos, pero Milagros se inclina y le deja caer veinte pesos en la desgarrada gorra de un equipo de béisbol, cuyo color es indefinido por el sucio que le adorna. Siguen a su casa y al llegar están los abuelos esperándolos para recibir la nueva criatura.

Una semana más tarde Milagros sale de la casa y se dirige a la clínica donde vio aquel personaje a quien le obsequió veinte pesos, lo ve, se acerca y le dice:

_ No he podido dormir tranquila estos días al verte así, ¿qué te ha pasado?_

_ Es una historia muy triste._

_ Vamos a la cafetería para que me la cuentes y comas algo de paso._

_ No tienes que hacer esto después de lo que te hice._

_ Pero quiero saberlo, no importa lo que haya pasado._

_ Pues te complaceré, mereces saberlo todo._

Cruzan a una cafetería y allí Daniel da rienda suelta a su triste historia:

_ Aquella doble vida en la que me atrapaste ese doloroso día surgió después del nacimiento de Danielito, la conocí cuando fui a hacerle la venta de un seguro y una cosa fue llevando a la otra hasta que pasó. Luego de que me descubriste ella también se dio cuenta y me botó de la casa, desde aquel momento empezaron mis problemas, pues la compañía también me despidió por haberme enredado con un cliente y no he podido encontrar trabajo en esa área jamás. Imagínate era lo que sabía hacer, pero se encargaron de desacreditarme en todas las aseguradoras.

_ De desacreditarte no, porque fue verdad _ interrumpe ella.

_ Bueno, pero cualquiera se equivoca como lo hice yo contigo, no sabes la vergüenza que siento, aquel día que pusiste los veinte pesos en la cachucha quería que la tierra me tragara para que no me vieras, pero fue todo tan repentino.

_ Pero sigues._

_ Después me encontré con un amigo que me ofreció un trabajo y era en asuntos de drogas, yo no quería, pero no tenía opción, todos los caminos se me habían cerrado, los que decían ser mis amigos nunca me dieron la mano, por ello acepté. Luego estuve envuelto en ese mundo del que me fue muy difícil salir y con vida, pero lo logré gracias a una persona que conocí entre ellos mismos y que me orientó cómo lograr salir de allí, meses después me enteré de que le mataron. Desde ese tiempo he trabajado como mensajero en varios lugares, en colmados como dependiente y en otros menesteres, pero siempre aparece alguien que me reconoce y termino en la calle, simplemente me cansé de lo mismo y ya me ves.

_ Bueno, creo que a todo esto podemos sacarle provecho si me permites escribir tu historia _ propone ella.

_ No tengo problemas, es lo menos que te puedo permitir para tratar de resarcir un poco el daño que te causé.

_ Pues lo haré y no revelaremos tu apellido para que no te puedan identificar, solo el nombre y de lo que el libro produzca vamos a medias, ¿estás de acuerdo?

_ Claro, me encanta la idea._

_ Entonces para tales fines firmaremos un contrato, ya sabes por la editora, no por mí._

_ Está bien._

_ Toma estos ciento cincuenta pesos como avance, para que busques dónde quedarte y trates de seguir adelante, mientras tanto nos juntaremos para grabar tus recuerdos de esa parte de tu vida y armar el libro, cómprate una libreta para que vayas apuntando lo que recuerdes, no importa lo insignificante que parezca que yo lo arreglo luego. Por otro lado, sabes que Danielito a penas te recuerda, pero tú eres su padre y siempre lo serás, por lo que a su tiempo lo verás nuevamente._

Esas palabras de Milagros provocaron que lágrimas brotaran de los ojos de Daniel y cayeran en la camiseta.

_ Eres una mujer muy noble._

_ Fuiste mi gran amor y no podía verte así, además te ayudo y nos beneficiamos ambos, pero que quede claro que tengo un esposo y soy feliz, jamás habrá nada más entre nosotros _ le advierte ella.

_ Así será _ le asegura Daniel.

 En ese momento se dio cuenta de la gran mujer que perdió.

_ Este es mí número de teléfono, llámame cuando estés listo para empezar y listo para ver a tu hijo._

_ Está bien. _

_ Hasta luego _ se despide ella.

 Sale de la cafetería y lo deja allí sentado. Él queda con la mirada fija en aquella mujer que perdió y que hoy le salva la vida, piensa en todo lo hermoso que desaprovechó.

 Milagros llega a su casa, Kelly está dibujando en su taller, ella se acerca por detrás sin hacer ruido y le saluda:

_ Hola, mi amor._

Le da un beso en el cuello._

_ Él responde con una suave caricia._

_ Amor, quiero hablar contigo._

_ Dame un minuto para terminar este dibujo y seré todo tuyo._

Milagros va a la habitación de la niña, la carga por un momento y luego se la entrega a doña Lola, quien es la persona que la cuida y en quien confían por su vasta experiencia en estos quehaceres. Luego va a su habitación donde en pocos minutos la alcanza Kelly.

_ Amor, ¿qué quieres decirme?, ¿ya tienes la idea de un nuevo libro? _

_ Sí, adivinaste, me encanta como te imaginas las cosas._

_ A ver, ¿de qué se trata? _

_ Es de la vida real, ¿por qué no adivinas?_

_ ¿Sobre nosotros?_

_ No._

_ Entonces esta vez no adivino._

_ Es sobre Daniel._

_ ¿Qué Daniel?, no me digas que aquel que abandonó a su hijo y te engañó._

_ No fue así, sabes que yo lo dejé por descubrirlo y lo boté de la casa._

_ Bueno, como quiera para mí es lo mismo._

_ Bien, pero mira, amor _ dice tendiendo sus brazos sobre sus hombros desde atrás de la silla donde él está sentado y con dulzura.

_ ¿Recuerdas cuando salimos del hospital con la niña?_

_ Claro que me acuerdo._

_ ¿Recuerdas que le di una limosna a un indigente que estaba en la puerta del hospital?_

_ Sí, ¿pero a qué viene eso ahora?_

_ Es que ese era Daniel._

_ ¿Cómo va a ser?_

_ Pues sí, es él y me dio mucha pena verlo así, pero a pesar de que trató de que no lo viera lo reconocí._

_ No me gusta ese descubrimiento y si la idea del nuevo libro tiene que ver con él tampoco me gusta._

_ Mi amor, no debes temer, sabes que ese es un capítulo cerrado hace mucho tiempo y que no hay posibilidades de que haya nada entre nosotros, ya se lo advertí._

_ O sea que hablaste con él._

_ Sí, necesitaba saber qué le había pasado y en el momento de escucharle se me ocurrió la idea, se la propuse y está de acuerdo. Míralo de esta forma, es una manera de ayudarlo a salir de esa situación en la que está y de paso nosotros sacar de su historia un nuevo libro._

_ Suena bien lo de la historia lo confieso, pero no me siento cómodo sabiendo que estarías con él._

_ Pero mi amor, sabes que solo tengo ojos para ti y tenemos un hogar feliz._

_ Lo sé, pero es que como quiera eso crea dudas._

_ No tienes nada de qué preocuparte._

_ Si quieres las reuniones pueden ser aquí, en la oficina, de esa manera no tendrías de que preocuparte._

_ Bueno, siendo de esa manera creo que sería menos problemático, pero sabes que cualquier cosa que vea que no me parezca bien, ahí mismo termina, ¿estamos de acuerdos? _

_ Totalmente._

En ese momento despega el proyecto, una nueva obra que por ser verídica y por su desarrollo debe ser otro libro de la mejor selección. Cuando Daniel estaba ya hospedado en una pensión y había recuperado parte de la figura que era llama a la casa de Milagros para decirle que estaba listo y que podían empezar.

Ella por su parte le explica las condiciones que puso Kelly para desarrollar el proyecto, a lo que el no puso objeción. Esto le brindará la oportunidad de conocer y compartir con su hijo, ya que lo abandonó a muy corta edad. Estando de acuerdo ponen manos a la obra.

Las jornadas de trabajo se inician, el primer día Milagros que ya había preparado a Danielito los presenta, el niño como es natural se siente extraño y corre a abrazar al hombre que estaba sustituyéndolo en esas funciones desde hacía algún tiempo.

A medidas que los trabajos del libro avanzaban las relaciones mejoraban, era menos traumática la presencia del personaje en la casa. Por su parte el niño simplemente lo reconoce como su padre, pero su afecto no fue más que ese simple reconocimiento. Los trabajos se realizaban una vez a la semana y ya en seis meses estaba listo el manuscrito, por lo que ahora Milagros revisará todo el material y acomodará lo que consideraba estaba mal y luego pasará a su corrector de estilo para que le dé los toques finales.

Era la última visita de Daniel a la casa en lo que se refiere a los trabajos para el libro, están en la oficina Milagros y él, ambos quedan mirándose a los ojos y ella dice:

_ Lo hicimos._

_ Sí, lo hemos lo hemos logrado _ contesta él.

Un silencio se apodera de ellos y sus miradas acercan sus cuerpos que se topan en sus labios produciendo un enorme beso con toda la pasión de una larga ausencia y con toda la energía de un gran deseo, sus manos pasean por ambos cuerpos, la locura se apodera de ellos en el momento, se funden en un solo sudor, un solo gemido, una sola respiración, tan violento resulta todo aquel aparataje de pasión que llama la atención de Kelly, quien entra y saca una pistola del escritorio y se dirige hacia ellos que inmersos en su pasión no se dan cuenta hasta que él se pronuncia:

_ Sabía que esto pasaría, por fin los encontré _ les grita mientras dispara hiriendo mortalmente a Daniel y luego dispara a Milagros alcanzándola en un hombro.

_ Desvergonzados _ vocifera.

Camina hacia ella y le apunta en la frente con la pistola.

Milagros da un salto de la cama y bañada en sudor se da cuenta.

_ ¿Qué pasó?, ¡otra de tus pesadillas!

Ella disimulando, para no dar pie a pensamientos negativos en Kelly, contesta:

_ Sí, me soñé que hubo un accidente.

_ Bueno, pero ya pasó, tranquilízate.

Respira profundamente y piensa que a pesar de que nunca ha pasado por su mente tal situación, debe mantenerse lo menos conectada a Daniel para evitar cualquier insinuación de su parte. Él hasta el momento ha mantenido su promesa y ha respetado el acuerdo que hicieron. A pesar del libro venderse, no fue de lo mejor, pero le permitió a Daniel salir de aquel estado de miseria en que estaba y ver a su hijo periódicamente. Por su parte Milagros siguió con su hermosa familia, aunque siempre con la mirada triste.